卢/新/华/散/文/作/品/集

# 三本书主义

卢新华 ○ 著

復旦大學出版社

# 自 序

有关我论"三本书主义"的文章,最早见诸2010年1月的《人民日报》副刊。但作为我切身的生命体验和心灵感悟,并一直用心去践行,却是从大学时代便开始了。

初进复旦大学中文系读书时,我心里主要装着的其实只有"有字之书"。因为"文革"荒废了十年的学业,我那时对于一切的"书本知识"都有着一种病态似的饥渴。除了广为搜罗

## 三本书主义

诸如《复活》《悲惨世界》《艰难时世》《羊脂球》《彷徨》《呐喊》等中外文学名著悉心研读外,我还强迫自己啃读了《诗经》《左传》《昭明文选》等艰深的古籍,并一本本背诵了《唐诗三百首》《宋词三百首》《元曲三百首》……然而有一天,老师在课堂上忽然讲起宋代著名诗论家严羽的《沧浪诗话》,讲到得意之处,还转过身去,在黑板上很用力地写下——"学其上,仅得其中;学其中,斯为下矣。"于是,一如许寿裳先生评鲁迅《祝福》之语"人世间的惨事不惨在狼吃阿毛,而惨在封建礼教吃祥林嫂",曾启发我写出了短篇小说《伤痕》一样,严羽的这段话也启发我认识到:人生无论"为文"还是"为人",皆"取法要高",而"取法"的最高境界则是"法乎自然"。于是,"读万卷书,行万里路"的古训,也就自然而然地注入我的心田。我也开始将"行万里路"看作是读书的一部分。只不过,相对于"有字"的"书本知识",这是一本"无字"之书,除需要用心去细致地阅读外,还需要用脚去不断地丈量。

就这样,我迎来了大学毕业后最重要的人生抉择:如果从政,一步便可身居高位。但让我忧虑的是,自己是一个喜形于色,爱憎分明,崇尚"自在而独立的人格、自由而严肃的思想"

## 自序

的人,只怕不仅官做不好,可能还会从此"不得开心颜"。如果为文,当是自己的理想和兴趣所在。但文以载道,任重道远,若不放下已有的世俗的荣誉和光环,便无法攀得更高,走得更远……

这样,在对自己心灵的不断的"拷问"下,我把寻找个人在宇宙间的坐标,在自然和社会中的位置视为人生第一要务。"一个最聪明最有智慧的人,应该是一个能够最准确、最及时、最迅速地找到自己在自然和和社会中的位置的人。"我在笔记本上这样写道,并在人生的路途中,陆续做出了一些在亲友和同事们眼里看来是匪夷所思的事:例如辞去报社记者职务"下海经商",留学期间踩三轮车,后来又到赌场发牌……但也收获了"放手如来""悟山有顶弃作杖""财富如水""合天道,衡人欲"等哲思。

苏东坡曾有诗云:"横看成岭侧成峰,远近高低各不同,不识庐山真面目,只缘身在此山中。"我在去国离乡、远渡重洋的三十年间,在对自己心灵的不间断的阅读和"拷问"中,一时一刻也没有放弃对于自己祖国、自己民族心灵的阅读和审视。《细节》《紫禁女》《财富如水》《伤魂》等的出版,都是这种阅

## 三本书主义

读的心得和收获。当然,现在收入此书的凡二十九篇文章,则更集中和全面地反映了我对社会、时代和历史的思索,其中有些篇章甚至是忍受着内心巨大的疼痛,并和着泪写下的。

我有时也常想:我们每个人,无论学者、官员还是贩夫、走卒;无论劳力者还是劳心者,即便没有写书,也不会写书,但还是会在不知不觉中用自己身体的脚、心灵的脚,在生命的不断轮回中,在如真似幻的时空的光影间,踏出一条只属于自己生命体验的轨迹。这轨迹其实就是一本本的书。从微观上看,它们是极富个性化的个人的书写;从宏观上着眼,它们则是大自然看似漫不经心的随意涂鸦。那么,一个家庭,一个企业,一个组织,一个国家,一个社会,一个民族呢?

不久前,我曾从手机微信圈里看到一段视频:在一个四层的围成长方形的教学楼的走廊上,身穿蓝色校服的中学生们,正你推我挤,争先恐后,极度兴奋地狂撕着一本本书,一时间,白花花的纸片鹅毛大雪般飘向楼下的庭院和天井,很快在地上积起厚厚的一层。很像是"文革"初期红卫兵"破四旧"时在街头撕书、焚书的场景。

他们为什么要撕书?是对书本的厌倦,是对"填鸭式"教

## 自序

育的恨恶,是青春期力比多过剩需要发泄,还是在追求心灵和个人意志的释放?

就在那时,我忽然有一种错觉,以为那些撕书的学子们其实更像是一本本的书。我不知道若干年后,他们的人生之书究竟完成了哪些篇章,有无虎头蛇尾之嫌,但我知道,当下正是他们生命进程中的谋篇开章之际。

不光这些初踏人生之路的学子们是一本本的书,这世间的每一个家庭,每一个企业,每一个组织,每一个国家,每一个社会,每一个民族,其实也都是一本本的书。有的精彩纷呈,起伏跌宕,含蓄隽永,让人读来不忍释卷;有的则心绪浮躁,思维混乱,假话、大话、空话连篇,让人望而生厌。

但丁《神曲》中曾说过:"我又看见一条船,航行海上又快又稳,可是在到码头的时候翻了身。"

因此不由想,为了保证我们每个人至少都能从平凡的生活中获得心灵的宁静、幸福和快乐,同时人生之舟也能顺利抵达彼岸,为了保证我们国家和民族的巨轮能够一直顺风顺水,而不至于在临近码头的时候倾覆,我们每个人其实都应该融会贯通地去读好"有字之书""无字之书"以及"心灵之书"这三本大书的。

　　这三本书细究起来其实也只有一本,那便是"心灵之书"。人的心灵的观照、心灵的反省、心灵的体悟,才让世间一切有字和无字之书具备了人的灵性和灵魂,并与人发生了千丝万缕的联系。

　　是故,曾子说:"吾日三省吾身。"老子说:"知人者智,自知者明。"鲁迅则说:"我的确时时解剖别人,然而更多的是更无情面地解剖我自己。"

　　是故,印度哲人释迦牟尼也一直劝导人们努力学习和实践三个"般若"——"文字般若,实相般若,心灵般若"。

　　是故,我也会穷毕生之努力,与我的同道、同学、同事,以及我的祖国和民族一起去努力学习和践行"三本书主义"!

**卢新华**

2017 年 6 月 22 日记于洛杉矶

# 目 录

沉沦 / 001

赌桌上的反思 / 017

序《咪咪的心事》/ 024

财富如水 / 028

道失而求诸夷 / 047

恐龙谷断想 / 056

放手如来 / 063

酷、扮酷及其他 / 068

众缘成就的《伤痕》/ 075

钓者 / 085

论"三本书主义" / 093

爆竹声中思宁静 / 099

杂议反省 / 106

论"回头" / 114

浅议"大师"与文化 / 124
——从史中兴的新著《才子》说开去

孤儿缘 / 131

"东方明珠"随想 / 135

财富是一面镜子 / 139
——《财富如水》(韩文版)序言

香山忆德华 / 146

德华墓前的追忆 / 151

# 目录

猪的品格与智慧 / 155

——读邱挺先生画作"猪系列"有感

我心目中的鬼谷子 / 160

合天道,衡人欲 / 168

插队、读书、写书 / 174

放下与成长 / 180

——序张智澜《心会痛,才算长大》

故乡,你在哪里 / 189

读三本书,走归零路 / 201

——我的文学三昧与人生

## 沉沦

一

一位旅居美国的华裔女诗人施雨,曾写过一首题为《沉沦》的小诗,那句子是这样的:

我以笔直的姿势/落水/火红的长裙/是飞扬的旗帜/还是广岛的蘑菇云/而秀发/将是一丛美丽的/水草/为何你/不让我沉没/你又怎能肯定/海底/就没有一方蓝天/没有另一幅/日月星辰

乍读到这首诗时,我正在上海,虽然心灵并没有受到什么特别的震撼,但那多少有些悲壮的诗意以及渗透字里行间的哲学趣味和悟道痕迹,却给我留下了深刻的印象。

以我过往的认知,"沉沦"一词多是用来表现人们堕入罪恶和痛苦之境地而不自觉的状态的。施雨女士却反其道而用之,不仅要"以笔直的姿势落水"去追求沉沦,还断言海底会有"一方蓝天","另一幅日月星辰",这就不仅让我觉着新鲜,甚而是吃惊了。

二

海底到底有没有一方蓝天,另一幅日月星辰?

我大概是可以有一些发言权的。

小时候,全家随军,我因之得以与山东长岛的一方海域结缘。我的水性后来被大海调教得很不错,小学六年级时,已能随心所欲地深潜到海底摸海参,捉螃蟹。故海底的世界,那水草,那海菜,那鱼虫,那石块,那清澈,那静谧,那恐怖……都曾一一领略过。有一次,我在海底好不容易勉力搬起一块大石

## 沉沦

捞海参,不想却滑脱了,一只胳膊生生地被压在大石底部,抽也抽不出。我那时憋的气已几乎用尽,真以为就要如此葬身海底了。情急中,忽见海底一片通明,像是有神力相助,我竟不可思议地从那大石下一下子拔出胳膊……所以,那以后我一直倾向于相信,大海其实是有手的。可是,它既然已将我一把拽住,为何旋即却又放了呢?

此外,及至而立之年,我也曾心血来潮,断然辞去上海《文汇报》的公职,到深圳办公司,——而这,当时和后来的人们都戏称为"下海",于是我又有幸成了所谓的"文人下海第一人"。至于究竟有没有触着过"商海"的底,我心中其实很恍然。唯至少弄过潮,而水的确也是很呛过几口的。于今想来,这大概也可以算作是我曾几番以"笔直的姿势落水"吧。唯不同的是,当年我和小伙伴们自码头上前奔后突地跃起,下饺子般噗噗嗵嗵地落入咸津津的海水中时,通常是一丝不挂的;而当我心甘情愿地没入陌生的"商海"时,身卜的确也没有裹着"火红的长裙"。

然而,认真追究起来,比较起下海我似乎又是更爱爬山的。小时候的家居，就座落在霸王山的胯部。出门稍作行走，便已然是在翻山越岭。我曾经很得意的一件事，就是暑假中于"文化革命"破"四旧"的热潮中，在家门口不远处的山坡上，与一个小伙伴一起挥汗如雨，奋力捣毁了一座小小的石庙。为此，还曾受到部队、学校的表扬。所以，那以后，我们常常会借拾草或玩耍的机会，率一帮"童子军"吆喝着，奔跑着，一举登上霸王山顶，在那里胸怀祖国，放眼世界，继而又攀到一块巨石上高声地叫、喊、嚎，拼命地蹦、跺、跳。那时的我，曾经大发奇想：——听到我们这样震天动地的喊叫声和跺脚声，普天下的"帝修反"们难道还不瑟瑟发抖、张皇失措、寝食不安吗？

所以，以我那时的状态而论，满头满脑，满心满肺，充着、塞着的都是些热烈而奔涌的理想，或者说我的心日日夜夜都是在天上飞翔着的，从来不识"愁滋味"，照理，今生今世该是与"沉沦"二字无缘了。

三

可是，命数中早已铺垫过的章节，想要跳过去不读看来也

## 沉沦

是万难,——我终于还是有幸赶上了一个让我不得不沉沦的时代。

那时,我刚进复旦大学中文系,接触和听到的人和事与过去大不一样,眼界大开,信息增多,恍然初涉人世,也以为过去全是白活,渐渐地就对那个疯狂时代里的种种疯狂的行为感到痛心起来,并于苦闷和失望中,饱含热泪写下了那篇叫作《伤痕》的小说。后来,就因为这样一篇九千余字的文章,我竟一举成名了,怀中抱满让我目不暇接、眼花缭乱的鲜花。然而,无人知晓,固然是《伤痕》将我抛上九霄云外,却也是《伤痕》又将我推入沉沦。因为即便在《伤痕》最走红的时候,我心里已然敏感到,尽管我顺应了所谓的民心和民意,用文学的语言对那个荒诞的时代作了一番畅快淋漓的宣泄、控诉和批判,但在正统的耳朵听来,我的调门却总有些荒腔走板,并不符合早就拟就的主旋律。于是,四面八方,有形与无形的力量都跑出来,劝诱我改用假嗓歌唱。我初时确曾反感,但为了报答台上那些对我有过恩的人们,也为了"五斗米",毕竟还是试过。遗憾的是,我的嗓子大概天生就发不出"假音",故而哼哼起来,连自己听着也不伦不类,倒像呜呜的哀号……总之,有一天,我忽然觉到,"伤痕文学"终将是短命和昙花一现的,而我的嗓音如果矫饰不果的话,从此也只有一点点喑哑。所以,说到以后的搁笔,去经商,去踩三轮车,去赌场……虽然还夹杂着许多其他的念头,但可以肯定的是,多多少少也有些沉沦的意思了。同时也是表示要和某一种现实、某一种氛围、某一段过去决绝,或者说是不合作。乃至我现在遥想当初的神情,肯定也有类似破罐子破摔之类的意气用事。

然而,这大约二十年的沉沦对我似乎又十分有益。因为我竟借机渐渐放下了聚满心头的谋虚逐妄的心思,也渐渐脱去或褪去了一身并不实事求是的光环,身心且时常有了一种异样的明澈和清静。

而这,大概就是诗人心目中的那"一方蓝天"和"另一幅星辰"吧。

其实,我心知肚明,我这还说不上是沉沦。我只是有些沮丧,有意要让自己沉潜,让自己静下心来想事情,或者说是要"和其光,同其尘"。文章可以不写,人还是不能不做,道还是

沉沦

不能不悟的。

四

而认真地说到沉沦,我以为用之来形容我的故园和故国的今天,大概倒是不怎么离谱的。不过,我相信这沉沦并不是从今天才开始。就我的理解,追溯上去,当整个国民的精神还在高高的蓝天飞翔时,这沉沦其实就已经现出端倪。尤其一旦当人们发觉自己的国土并不是真正意义上的大地的中心,而京城也不是世界革命的中心的中心,失落和沉沦的幽灵便再也熬不住要在神州大地上东游西荡了。

一代天骄的蒙古人成吉思汗,曾率领他的铁骑以摧枯拉朽之势策马中原;曾与大宋朝南北对峙了一百多年的金人的后代,在明将吴三桂的帮助下也终于有机会得意洋洋地在北京坐上了龙椅;鸦片战争,甲午战争,八国联军……自以为高人一等的华夏族人,竟屡遭为我们所轻蔑和鄙视的蛮夷的欺凌和羞辱,这些的确都曾让心高气傲的华夏族人的自信心受到重创。心灵于是一片空白,话也开始说得有些含含糊糊,虽

三本书主义

然为了一张过气的老脸的确也曾抗争过几回,终于还是颓唐起来。而我们知道的,一个人一旦开始颓唐,离沉沦也就为期不远了。

可是,看今天的中国,人们倒不仅仅惊讶于它在良心、道德、责任和身体方面的集合性沉沦,而且也惊讶于它沉沦时举世无匹的高速度。举例说吧,我们曾用了几千年的努力,集儒道佛三家之智慧,总结出的为着提高中华民族精神的"存天理,去人欲"的信条(且先不论它对中国历史和文化的发展有否正面的贡献),于"文化大革命"中发挥到极致后,才仅仅二十几年的时间,忽然就被彻头彻尾地颠覆过来,竟至于变成了"存人欲,去天理"的全民大合唱。而人心不古,人欲横流,又岂是区区"沉沦"二字可以概括!

这里我们可以悚然回望一下2004年全国的几大质量骗局:(1)阜阳空壳奶粉,蛋白质含量仅有标准的二十分之一到三十分之一,致使许多新生儿成为营养严重不良的"大头娃娃";(2)天津死猪、病猪肉肠竟贴着"百万职工放心食品"字样;(3)余姚假杀虫剂杀死万亩晚稻;(4)广州发现工业酒精

## 沉沦

被兑成散装白酒,致使多人死亡;(5)海林山野菜靠化工原料变"新鲜",造成人体肝脏损伤、哮喘、致畸;(6)邯郸劣质棉花种子让棉农血本无归……坑蒙拐骗到如此境界,可见人心想钱也真是想疯了。而至于贪官污吏,据说若按从前的量刑标准,随便拉出去一百个枪毙,真正冤枉的怕也还不到百分之一、二;各级官员对流莺暗娼的打击却总是雷声大雨点小,或者干脆眼开眼闭;而一向被认为是比较清廉的知识界和学术界,竟然也盛行舞弊、抄袭和贿赂之风……我们这是怎么了?如果说我们从前也有过沉沦,至少还有困惑和不甘,甚至还企图从沉沦中振作并重新奋飞。而今看起来,虽然的确也还有些不肯同流合污的清高之士,但毕竟凤毛麟角,马马虎虎望眼过去,倒似乎是人人自甘堕落了,人人都在溺水了。

而我们知道,溺水的人,一旦到了水底就必死无疑了。由于阳光折射缘故,水底很亮,而通往水面的厚厚的水体却又黑又沉,仿佛是水底。而溺水的人,在慌乱中几乎所有的人都认定明丽的水底是有生路的。所以,很多溺毙的人,指甲里都积了很深的水底泥沙,那是因为强烈的求生愿望使他们摸索爬

## 三本书主义

行希望重回原来的世界……不幸的是,水底一个不漏地将他们带往另一个世界。

### 五

然而,中国社会的沉沦似乎却又不在此例。到目前为止,许多国人似乎并没有溺水的感觉,即便有,也依然抱持"宁可花下死,做鬼也风流"的从容和镇定,以至于中国社会看上去也出奇的稳定,国民经济在保持了多年的高速增长后,去年又高达9.5%。真让人跌破眼镜!

难道经济的腾飞正是要以全民身心的沉沦作为代价同时又是收获的吗?

由是观,由是想,再以发展的眼光去看"沉沦"二字,渐渐地竟也悟出了些许积极的意义。

先说古今中外的名人吧,李后主最能让人一唱三咏的词句,大多还是国破家亡、身心沉沦后次第写下的。但丁的《神曲》,相信如果没有沉沦过,就不会对天堂和地狱有着那样透彻的认识和理解,——尽管我对他未能勘破那个漏斗状的地

## 沉沦

狱底部尚有些许失望。至于歌德的《浮士德》,则更是从沉沦的树枝上结出的硕果了。

故佛家有"烦恼即菩提"之说;波德莱尔至少也相信"恶"之树其实可以开出芬芳的花;中国的古典哲学家和诗人们也认为"塞翁失马,焉知非福?""沉舟侧畔千帆过,病树前头万木春"……而从20世纪开始,科学家们也陆续发现,宇宙不只是膨胀,还以前所未有的速度向外扩张,这便造成所有遥远的星系正在远离我们,或者我们正加速沉沦。而通过各种观测和计算还证实,宇宙间确实存在着一种姑且可以称作是暗能量的东西,它在宇宙间占主导地位,总量竟达73%。宇宙初始时的大爆炸就是由这种暗能量一点点积累和推动的。黑洞理论则告诉我们:引力的强力挤压可以使某个星体的密度无限增大,并导致灾难性的坍塌,以致那里的时空会变得无限弯曲。于是,在这样一个类似黑洞的时空中,连光也不能逃逸。

于是就想到如今的中国。政治的保守,教士们的虚伪,民间的崇尚奢华和享乐……所有这些薄伽丘曾在《十日谈》中所描绘的景象,真让人觉着是时光倒错,或者"似曾相识燕归来"。曾有人将那种全民的沉沦看作一场旷古未有的席卷欧洲的瘟疫。然而，近代欧洲、现代欧洲却都是从这场瘟疫中脱胎换骨，并重获新生。至少，欧洲伟大的文艺复兴运动也正是从这里鸣锣开场的。

所以，我们虽然似乎是生在末世，为后世的人类和国民着想，尤其为当今的文化同道们考虑，真应该由大悲转而大喜才对。

## 六

前些日，曾听说在美国大学教书的著名小说家哈金先生正发起一场有关"伟大中国小说"的讨论，一时议论者众。我当时受了哈金先生的理想主义色彩以及我的朋友们的真诚的鼓舞，也曾跃跃欲试，想要一吐为快。依余浅陋之见，伟大小说的产生其实并不一定需要伟大的时代作铺垫。相反，一个沉沦的时代某种意义上却更可能托举起"伟大的小说"。尤其作家们通常又是"苦恼的夜莺"，时代太完美了，且又被舒舒服服地养着，其实很难再唱出像样的调门的。所以，我眼见着一

## 沉沦

艘巨轮的沉没,却为身为华人的海内外的作家们感到由衷的欢欣,因为他们正有幸见证和描绘巨轮沉没时可能会溅起的冲天一怒、高耸入云、美丽无比的浪花。而为了精心打造一部"伟大的中国小说",上帝似乎也正伙同释迦牟尼积极地安排着中国社会快速沉沦。问题是:这沉沦是否已然触及或正在触及类似股市暴跌后的底部呢?

钟摆尽管总是摆来摆去,但当钟摆还没有摆到那个点的位置时,它是决不会摆回来的。

热水可以发烫,但不到一定的温度,它也决不会沸腾和蒸发。

可以达成中国的文艺复兴以及民族复兴的那个神秘的转折点又在哪里?

或者,哪里才是我们沉沦的目的地?我们什么时候才可以见着那"一方蓝天"和"另一幅日月星辰"?

为了尽快达成"置之死地而后生"的目标,我们是否也应该为推动一艘航空母舰的快速沉没,而在甲板上不停地蹦蹦跳跳,试图加重它一些下沉的分量?

## 三本书主义

我们真应该明白,当年如果没有"文革"时代的极度愚昧和疯狂,其实是产生不了其后我们一直津津乐道的思想解放运动的。而倘无八旗子弟的沉湎于遛鸟、斗蟋蟀、逛八大胡同,辛亥革命的胜利相信也还要推迟许多年。

好吧,既然当年我们曾经有过一次集体的疯狂,如今又何妨再来一次集体的沉沦!既然由死可以催生,又何妨现在就来催死!那么,就让所有的炎黄子孙都手牵手一起痛痛快快地唱一首沉沦之歌吧。不在沉沦中死亡,便在沉沦中爆发。总之,再不要这样不伦不类——虽然高楼大厦林立,却总有人对着花岗岩的墙根小便;虽然五谷丰登,却吃不准哪一捧稻米是因为抹了化学物质才变得如此光鲜;虽然背后谁都诋毁自己的上司,见了面却又都满脸堆着谄媚的笑颜;虽然台上义正词严地反腐倡廉,口袋里却早揣满大把大把的债券和现金……

## 七

我早年曾经在一只橙子上画过一幅直角坐标系统,X 轴和 Y 轴分别代表哲学之轴和宗教之轴。哲学之轴的正方向指

## 沉沦

向本原和综合,负方向指向现象和分析;宗教之轴的正方向指向神,负方向指向鬼;结果发现不同的人们其实只不过是分别生活在正正、正负、负正、负负四个象限而已。而如果将原点视为天堂和地狱的集合处的话,则会发现到达天堂和地狱的路途其实一样远。

所以,还是让我们和我们所处的时代一起高声呐喊沉沦、讴歌沉沦吧。至少那样做可以帮助我们暂时摆脱因整条船的下沉而带来的心灵的极度困惑、紧张和恐惧不安。

同样也是旅美作家的陈谦女士曾写过一部叫作《爱在无爱的硅谷》的小说,文中有个名叫苏菊的女主人公,她的心思和施雨的诗似乎大异其趣,总是期待着能在天上飞翔。还是这位陈谦,也曾写过另一篇叫作《看着一只鸟飞翔》的美文,那叙述者自称是一个白领,一个淑女,也裹着长裙,唯颜色不甚分明,却总是抬眼望着天空,想做一只鸟飞起来,飞起来,然后飞到她所要去的地方。后来,她忽然明白,身为人,其实只有死后的灵魂才能飞翔。于是就对她的同伴们说:"我们死吧。"并冲动地想要将车开到沟里,翻下去翻下去,与一车同游的男

## 三本书主义

男女女一起衣不蔽体地曝尸荒郊……然而,我隐隐约约总感到,她们,——无论苏菊(陈谦?)还是施雨,无论沉沦还是飞翔,其实还是会殊途同归的。遗憾的是,我不明白她们为什么都穿长裙。

鹰击长空,鱼翔浅底。

它们究竟谁在飞,谁在翔?

那"一方蓝天"和"另一幅日月星辰"呢?是飘在头顶还是枕在身下?

其实对于平实的人生而言,这些也许都不那么重要了。

天风浩荡,斗转星移,物是人非,面对自己、他人以及这个世界集体沉沦的幻象,我们真的什么也做不了。

但我们可以无声地笑一笑,并试着秉持一颗平常而且平静的心。

原载《上海文学》2005年第10期,美国《侨报》2005年5月20日副刊

## 赌桌上的反思

想写这个题目的由来,可以追溯到我还在洛杉矶一家大赌场做发牌员的时候。

美国赌场发牌员的薪资,主要靠小费。我和许多同事一样,上了牌桌后的第一件事通常都是关心每副牌小费的有无和多寡。然而,我却有过一次噩梦一样的晚上,在牌桌上一连发了差不多10副牌都是让一个犹太小伙子赢,以至于他的面前很快就堆满了筹码。但这位犹太青年却在众目睽睽下坚持一毛不拔,以至于桌上的客人后来都有些看不下去了,纷纷提

## 三本书主义

醒他:"你应该给小费的,他们可是以此为生呢。"他听了,开始时不吱声,只是低着头堆他的筹码,但终于抬起头坚决地道:"不,我要是给了,会带来霉运的。"

于是,从那个晚上起,我便开始比较认真地思索犹太人的问题了。我对于犹太人其实并不陌生。马克思和恩格斯都是犹太人,大科学家爱因斯坦也是犹太人。莎士比亚和巴尔扎克等大作家的作品里也有不少犹太人,只不过比较多的是银行家、高利贷者、不法商人和吝啬鬼罢了。也曾听说犹太人做生意如何了得,差不多控制了整个美国的经济命脉,并对美国国会的参众两院施以了难以估计的巨大影响。而犹太人和犹太民族这种做生意的天赋究竟又是从哪儿来的呢?我后来听说这是他们从小就加强教育的结果。小孩子到了上学的年龄,有一天,父亲在孩子出门前,忽然塞给他一枚铜板,叮咛他到周末回家时必须让它变成至少两枚。这个小孩开始时很苦恼,不知道如何去"增值",后来终于想到用这枚铜板去超市买了一些便宜的糖果,到学校后再加价卖给那些一时嘴馋的同学……所以,仅就商业活动而言,犹太民族的教育无疑是十分

## 赌桌上的反思

成功的。那位犹太青年在牌桌上不肯付小费,从"唯利是图"的商业观点出发,原也无可非议。问题是如果每一个客人都如此效仿的话,赌场大概也就无法再招到发牌员,并会关门大吉,而那位犹太青年也就无法再去赌桌上赢钱了。故商业活动除了"唯利是图"外,似乎还应该"有钱大家赚"。否则,至少会像那位犹太小青年一样,后来在桌上遭到越来越多人们的白眼和唾弃。

这样,从犹太人忽然联想起我们中国人,竟发觉这两个民族很有些相像。诸如过日子精打细算,特别重视家庭等。但更重要的还是彼此一百多年来都遭受过刻骨铭心的外族的凌辱和欺负。相较于犹太人在第二次世界大战中遭受的劫难,中国人对近现代史上英法联军、八国联军以及日本军队的侵略,恐怕也记忆犹新。故在悲情倾诉、苦难意识和情结方面,两个民族即便不能同气相求,也很可以惺惺相惜的。而追踪作为中华民族很重要一部分的美国华人史,也同样充满了悲情和苦难的诉求。但我几年前却意外地在一本叫作《美国华人发展史》的书籍里,了解到这样一件史实,当年通过"排华法

## 三本书主义

案"时,一位白人律师曾在国会这样作证:"……哪里有华人,哪里就有堕落、腐败和罪恶,就有脏、乱、差……"这些话初听起来很有些歧视的味道,让人很怀疑会是种族主义者自命不凡的夸大其词和恶毒攻击。然而,当我冷静地加以分析时,却发觉这些话倒也不全然是诬蔑。至少说到"脏、乱、差",今天我们随便到美国各地的"中国城"去走一走,大概就会发觉此言不虚。那么,堕落、腐败和罪恶又是从何谈起呢?原来,当年来美的华工,多是些年轻力壮的单身汉,因为所受的教育有限,又有着大中国的天朝心态,故很难也很少有人想真正融入美国社会,多数人都是抱持淘金发财后,衣锦还乡,买地买房,娶妻娶妾,光宗耀祖的想法的。因此,当腰袋里揣满了"金子"后,为了消遣和发泄,渐渐地就有人办起了妓院,开起了鸦片馆和赌场,逐渐把一个好端端的社区弄得乌烟瘴气……当然,就这点"腐败、堕落和罪恶",我想白人大概至多也就是对你有些轻视,并嗤之以鼻罢了,还犯不着兴师动众去搞什么排华法案。重要的事实在于:有一天,当所有的白人工人正在闹罢工,要求种植园主将周薪从二元五毛提高到三元时,却发现大

## 赌桌上的反思

量的华工在和种植园主暗通款曲,周薪两元也做。这在无形中便抢走了许多白人工人的饭碗,也破坏了他们的罢工运动,故才引起了白人世界的公愤……

了解到这些,我的心情是很沉重和压抑的。我没有权利,也不愿意就此去批评我们的先人。他们囿于当时的国情和国力,苦于没有读书受教育,在异国他乡谋生已经很不容易了。让我感慨的是,今天大量曾经受过很好教育的海外游子们,其精神面貌和人文素质比较起我们的先人们来,似乎也并没有太大的改观。就说我曾经工作过的赌场吧,因为发牌员收入相对较高,故国人干这一行的也趋之若鹜。但由于牌戏的不同,限额的高低,领班分派怎样的"路线",常常会对每个发牌员的小费收入产生很大的影响。于是,为了能分到一个比较好的"路线",国人们便八仙过海,各显神通地巴结起领班来。开始时只不过是在逢年过节或者领班生日时送上些小礼物。后来便开始送金首饰、名酒或者红包……以至于个别本来很清廉的白人领班,在这样一种竞相"行贿"的氛围中,也渐渐把守不住,终因滥权和受贿而被公司解雇。

### 三本书主义

我不了解当今国内的许多贪官们都是怎样一步步走上贪渎的不归之路的,但我相信,因为国人潜在意识里总是崇尚"礼多人不怪","拿钱好办事",故古往今来,从上到下已存在着一个巨大的神龙不见其首,亦不见其尾的"行贿"大市场。生活在这样一个有些变质了的文化土壤中,——不是我有意要替一些贪官污吏辩白,一个人要想一生清清白白,不拿不取,不贿不贪恐怕很难。所以,贪污腐败作为一种越来越普遍的社会现象,它也反映出我们的文化和精神的确已经出现了一些比较严重的问题。而且,决不是危言耸听,改革开放再好再多的成果,如果不能达成国人人文素质的全面提高和改善,很容易就会毁于一旦,付之东流。

古今中外的哲人们都十分重视反思。曾子说:"吾日三省吾身。"老子说:"知人者智,自知者明。"耶稣也说:"为什么看见你兄弟眼中有刺,却不想自己眼中有梁木呢?"

事实上,生活中挑剔和指责别人总是要比"反躬自问"容易和简单得多。这很可能是因为我们的眼球都朝外长着的缘故。比如,我们看日本大和民族的缺点和毛病就很清楚。他

## 赌桌上的反思

们的领导人坚持参拜靖国神社,我们就怒火中烧,义愤填膺。可日本人不肯反省,不肯道歉,固然很让我们没面子,可对它自己国家的进步和发展又有什么帮助呢?君不见日本右翼势力逞一时之快,要为侵略战争翻案,把曾遭受过战争摧残和蹂躏的邻国都得罪了,哪还有威望去充当亚洲的领袖或代言人呢?

故反思的利益和好处很显然地总是返还给反思者自身的。别的个人,别的民族,尤其是那些曾和我们有过类似遭遇的个人和民族,常常是我们的一面镜子,可以照出我们自身尚未意识到的种种病灶。因此,我们可以断言:一个能够时时、事事反思自己的人,就能走比较远一些的路;一个肯于时时、事事反思自己的民族也一定会真正"自立于世界民族之林"。

所以,我得感谢那位许多年前在牌桌上不肯给我小费的犹太青年。没有他,我就不可能经常固执于"反思",也不会努力来写这样一篇在我看来多少还有些意思的文章。

原载山东《齐鲁晚报》2005 年 5 月 5 日副刊

## 序《咪咪的心事》

　　陶怡,本名屠颖颖,是我复旦大学时的同窗学妹。当年,她在班上女生中年龄最小,看上去也很稚气,然而却比我沉着、稳重,且常给我以挚言和忠告,于是乎倒又像一位"学姐",所以,一直很受我的敬重。后来,我们先后赴美留学,一别数年,音信渐阙。直到近几年才又在国内重见,相谈之下,忆及往事,不禁唏嘘不已。

　　陶怡还是过去那个陶怡,岁月并没有给她留下太多沧桑的痕迹,仍旧一本正经地说话,沉沉静静地微笑……然而还是

## 序《咪咪的心事》

有不同,——伊毕竟也是一个十三岁女孩的妈妈了。

做了妈妈的陶怡,看来也始终没有忘却大学时代的文学梦,或者,也许因为时常奔走于东西方之间,心里郁积了很多话要说(当然,或许还有一个母亲对自己孩子的特别的关爱)……总之,这结果是让我有幸比一般读者早一些读到了她的新作——虽然有些洋腔,毕竟还是本调的《咪咪的心事》。

这是一本既有趣味且很有蕴藉的书。

有着纯然中国血统的小女孩咪咪,生在美国,长在美国,又有着一个对中文、中国文化始终不能忘怀的母亲,可以想见,她已命定要头顶着双重的文化压力。而滑稽的是,在美国的学校里,她是同学眼中的亚洲人、少数民族,回到家,她却又成了父母眼中不折不扣的外国人……这更让她时时处处有一种无所适从的困惑。于是,一场文化上的挑战和较量,一场"改造"与反"改造"的斗争,便在这样的一个典型的新移民华人家庭中展开了。

处在两种文化的辐射和影响下的咪咪的心灵是极为敏感的,她能从许许多多祖辈和父辈们习以为常的事件中,一下子

## 三本书主义

就发现了破绽,并直言道破。例如:为什么在中国就不可以叫大人的名字?为什么上海的出租车从来不让孩子,还要和行人抢道?为什么作为一个外国人可以显得比普通的中国人尊贵,却又会被许多的人当猴子或者大熊猫一样围观?为什么在中国,心里想要的东西,嘴上却不能明说,反而要客气地讲"不要,不要"?为什么在美国,每个人都千方百计把自己的皮肤弄黑,不惜晒太阳,抹变黑素等,在中国,却人人都追求白?还有,在中国,随处可见一大堆的这也不许,那也不准,可美国从没有这样的规定,为什么就极少见到有人随地吐痰,随手扔垃圾?又如,深为妈妈喜爱和崇拜的中国大诗人李白,为什么那么清高,又不喜欢挣钱,却还能"流芳千古"?……所有这些出自儿童之口的疑问,就其深层的文化含蕴和反思而言,仔细想想,其实也大致抵得一部屈原的《天问》了。

我们都有过这样的经验:在一个封闭的屋子里待得太久了,常常嗅不出陈腐的气息,而一个刚从屋子外面跑进来的人,却一下子就感到不对劲。咪咪其实就是这样一个总是能从老常识中不断发现新问题的"外星人"。

## 序《咪咪的心事》

所以,《咪咪的心事》的口吻尽管是小孩的,而作者的心思,的的确确还是大人的。至于这本书,则更值得我们——中国文化熏陶下长大的大人们一读。

陶怡已然长大了。陶怡的孩子也在一天天长大。

我却忽然希望起陶怡和她女儿的童心和童趣永远也不要长大。因为在我们的时代里,只要我们用心体会和观察便可知道,我们的确还需要更多的咪咪一样的"外星人"帮我们不时地打开一扇扇窗门,驱驱室内的污浊之气,并对我们大声地、直白地说些童言无忌的——尽管我们一时还不一定能领悟甚或会觉着不舒服的话。

是为序。

原载少年儿童出版社2004年8月版《咪咪心事》第4—6页,《新民晚报》刊用

## 财富如水

一

我对财富最直观、最深刻的印象还是来自美国洛杉矶的扑克牌赌场。那时,我是一位资深发牌员,每天一上牌桌,除了阅牌无数、阅人无数外,便是面对一摞摞、一堆堆五颜六色的筹码。那些筹码的面值有一元、二元、三元,也有五元、十元、百元乃至千元不等的,我的工作便是在发牌、读牌的同时,也让自己的双手变成"收割机"或者"推土机",不断地将玩家

## 财富如水

们下注的筹码收拢、接驳到牌桌的中央,然后再转运、推送到赢家的面前。时间长了,就有一种错觉——那些固态的塑料筹码虽然摸上去硬硬的、沉沉的,很有质感,却似乎又是液态的,总在绿色的丝绒桌面上经久不息地流来淌去,只是每副牌下来,流出和淌入的方向常常让人捉摸不定罢了。常常看到满面春风的张三面前高高堆起了筹码,不一会儿便又整整齐齐地码到了李四的面前,而如果李四不见好就收,那些筹码很快又会一点点没入他处……所以,我观那一枚枚的筹码其实也就是水滴,那一堆堆的筹码则是一汪汪的水,那一张张椭圆形的铺着绿丝绒的牌桌,则是一处处碧波荡漾的荷塘。于是,放眼望去,偌大的赌场内,一时间竟然波光潋滟,水汽蒸腾,俨然一片财富的"湖泊"了。

而赌场之外,无论白昼还是晴雨,每天都有川流不息的车辆载着赌客和金钱从四面八方涌向这片"湖泊",一如湍急的山间小溪。所以,我也时常惊叹赌场老板"筑巢引凤"和调动人们换一种方式"捐款"的能力。有时忍不住想:这赌场其实还是个"流水作业"的"屠宰场",每个进得门来的玩家,别看

## 三本书主义

一个个西装革履,油头粉面,花枝招展,看上去也胸有成竹,老谋深算,充其量也不过是些待宰的猪啊,羊啊什么的。有趣的是,他们在被"放水"或"抽血"前,一个个似乎还都兴高采烈,欢天喜地。

## 二

由这赌桌上的财富有一天忽然就联想起人世间许多其他名目的财富,以及这些财富的性质。

曹雪芹在《红楼梦》中曾写过一首《好了歌》,其中有一句道的是"世人都晓神仙好,只有金银忘不了;终朝只恨聚无多,及到多时眼闭了"。这句歌词给我的印象很深,可以说是道尽了人生和财富的"空相"。但就我的体会,财富应该还有另一种特别的性质,那便是——"水相"。

说财富如"水",首先是说它具有一般水的流动的性质。赌桌上的筹码在赌徒间流来淌去;银行里钞票从这一个窗口收进来,再从另一个窗口放出去;投资商借了银行的贷款投资房地产,赚了钱后再去开工厂;果农卖水果赚了钱,再去买家

## 财富如水

电;家电商赚了钱再去投资食品业……于是,财富便通过货币的形式水一般荡漾开来。当然,以上财富的流动主要是采用空间的形式,另有一些财富的流动则主要是采用时间的形式,比如:遗产的继承,股权的转让,考古的发现,矿藏的开采,王朝的更替等。我曾在赌桌上一边发牌,一边认真思索过赌桌上筹码的去向——就像思索空中一群飞散的鸟雀、墓地一队飘逝的亡灵一样。自然,有一部分会流进赢家的腰包。但这毕竟是少数,更何况昔日和今日的赢家只要他明天或后天还继续光顾,那就很难说还会一路笑到底了。所以,很清晰地,这些钱除一部分作为小费"叮叮当当"地落入诸如我之流的发牌员的钵盘外,更大的一部分还是作为"抽头"(说得好听些是服务费)注入了赌场老板的财富之"缸"。有一天,我下了牌桌,走过"亚洲牌戏"部的入口处,猛然看到那里新立了一尊与真人等高的金光灿灿的财神像。那财神肥肥的、胖胖的,一脸灿烂的笑容,弓腰背着一只大大的口袋,上书"黄金袋"几个大字。于是,许多走过财神像跟前的人总忍不住要伸手摸一摸那财神的脸蛋、肚皮,或者肩上的"黄金袋"。我就站住,忍

## 三本书主义

不住想笑。因为我忽然瞅见虚空中一张赌场老板窃喜的脸——他的本意是要这"财神老儿"来帮他从赌桌上搜刮"民脂民膏"的,可被发财的念头弄昏了头的客人们,竟以为是遇上了"善财童子"前来派发"红包"!然而,我又很茫然,就算这一袋袋的"黄金"每日会车载人扛地充实到赌场老板的"财富之窖"中去,但那便是个终极的去处么?否。他肯定不会学传统的中国农民,将赚来的银钱装在坛子里挖个坑埋在地下,永生永世地保管起来的。因为这涉及金钱或者说财富的第二个性质——它会"蒸发"或者说是"挥发"的。

### 三

当然,财富的"蒸发"和"挥发"常常是让人看不见摸不着的。常常一夜之间,我们醒过来睁眼一看,忽然发现我们的"财富"一下子大幅"缩水"了:一百元一股的股票竟然变成五十了,一万一平方米的房子转眼变成了八千了,存在银行里的钱,以前还能买几袋米,现在却只够吃碗馄饨了⋯⋯当然,财富的价值大幅缩水前,通常都会有一段令人难忘的"气泡"景

财富如水

象。君不见黄铜曾经卖到六千六一吨,石油曾经涨到一百四十美元一桶,钢材和水泥的价格也都曾日日攀登新高峰……其实,物质不灭,赌客们的财富看似在牌桌上蒸发了,却会在其他赌客、发牌员、赌场老板的口袋里鼓起来。对于整个社会而言,所谓财富"缩水",其实只不过是通过蒸发的形式在空间形态下将一种财富的价值注入了另一种财富之中,在时间形态下将一代人或者一个年龄段的人的财富,转移到了另一代人或者另一个年龄段的人手上。而这过程中所产生的"气泡"便是"财富之水"在快速蒸发前留给我们的一种虚幻的"海市蜃楼"景象(我们通常以为是"繁荣")。当然,水的蒸发也是有条件的,是辅以一定的温度才能达成的。从这个意义上,经济"过热",财富"挥发"得越快,经济"平稳",财富"蒸发"得也缓慢。但这世界上大概还找不到不会或不可能"蒸发"的财富,即便那些我们认为是很可以"保值"的财富,如果我们有足够的时间和耐心等待,也还是可以看到它们一点点"缩水"的,只不过常常取了我们目力所不及、生命的长度够不着的一种极其缓慢的"飞扬"姿态罢了。

三本书主义

## 四

财富的第三个性质,也是水的第三个性质便是"冻结"。当然,说到财富大面积"冻结",通常都与经济环境"过冷",投资"热度"急剧下降有关。此时,百业萧条,到处可见工厂倒闭,商店关门,银行贷不出款,房产商卖不出房子;一方面市场上物资奇缺,另一方面仓库里货品大量积压……这种景象会让人联想起严冬的黄河,河面上挤满了大块大块的浮冰,除了偶尔可见一两艘破冰船艰难前行外,大部分的船只都不得不停航了。在这种恶劣的经济环境的作用和影响下,企业的资金链通常"冻裂"了,产品销售的渠道也被"冻牢",投资者对经济复苏的希望和信心一并降到了"冰点"。结果是一家家企业相继向法院申请破产,资产随之被"冻结"。当然,即便没有严重的经济危机发生,资产被"冻结"的情况也会时有发生的。究其原因,不外乎"经营不善"或"取财无道"两类。我在进入赌场这一行谋生之前,曾在一个叫作"东海财团"的公司的管理层负责过一个月左右,未料想那老板却是个以"才华横溢"

## 财富如水

的"金融高手"的面目从事"非法吸金"的骗子,等到行骗的嘴脸有一天被人揭发出来,所有投资人的投资款却也被法院"冻结"了。一两年后,那款子才"解冻",扣除律师费以及财产托管人员的薪酬,拿到手里,已只剩一成上下了。我于今方才明白,当初那笔投资款之所以被"冻结",其实还是我们和老板"共谋"的结果。我们是"经营不善",老板则是"取财无道"。我们"经营不善"丢了钱,老板"取财无道"送了命。——当然,这是后话。

此外,政治的"严冬"、战争的"严冬"似乎也常常会造成财富的暂时性"冻结"。一个王朝推翻了另一个王朝,一个家族打败了另一个家族,一个国家战胜了另一个国家,一个企业吞并了另一个企业,除了权力的转移外,最后也都还会落实到财富的"冻结"、转移和再分配上。古今中外,无有例外。只不过相对于财富的流动的、绝对的性质,"冻结"通常都是暂时的、局部的,有时,甚至还是可以通过人力加以化解或预防的。但如何化解和预防,常常仁者见仁,智者见智,就不是笔者所能一一论及的了。

三本书主义

## 五

财富既如"水",很自然地就让人想起"水能载舟,亦能覆舟"的古训。水能活人,也能呛死人;水能浮人,也能淹死人,财富亦然。人生之舟当然要靠财富之"水"才能浮起,但驾驭人生之舟的人如果识不得财富之"水"的水性,恐怕也鲜有能善始善终的。

我观世间许多贪官和奸商们的人生之舟之所以容易倾覆,一个根本的原因还在于他们对于财富的错误的认知。总以为金钱划到了他们或他们家人的存折上,房子和汽车归到了他们或他们家人的名下,那财富便是属于他们的了。殊不知财富之"水"在浩瀚的时空间流来流去,是不可能恒久地由一个人、一个家族或者一个企业掌握的。倘以贪污受贿的行径敛财,或以坑蒙拐骗的手段致富,比如在牛奶中添加三聚氰胺,将火腿放在农药中浸泡等,这样得来的"财富之水"更是"脏水"和"毒水",人生之舟航行在这样的财富之"水"上,坐在船上的人难保不一有风吹草动,便心惊胆战,丧魂落魄,结

## 财富如水

果是健康受损,生命打折,"船底"和"船帮"更会加速腐烂。侥幸一些的,也许可以暂时逃过正义的审判,并将财富传给子孙。可我们知道,依靠勤俭致富的"净水"尚且"富不过三代","赃款"和"黑钱"即便没有"毒害"到后人,又怎能逃得过"来得快,去得也快"的宿命呢?

周厉王即位三十年,曾经十分贪图财利,大夫芮良夫于是谏之曰:"夫利,百物之所生也,天地之所载也,而有专之,其害多矣。"又说:"天地百物皆将取焉,何可专也?"古人尚且明白这个道理,今人又怎可对财富时时怀了一种企望占有,并且是多多益善的贪念呢?哲人卢梭在《忏悔录》一书中曾谈到他只追求"满足生存最基本需要"的财富;比尔·盖茨建立了"微软"庞大的王国,赚取了大量的财富,最后还是决定将绝大部分财富捐出去,只留下很小的一部分供他和家人生存所用。他们对于财富的这种豁达潇洒的态度,让我们有理由相信在他们慈悲、博爱的心中,一定早已看破了财富如"水"一样流来流去,永远无法专有的真相。

## 六

由此想到民族和国家的存亡,历代王朝的兴衰,其实大抵也离不开"两水"的治理。何谓"两水"?一为"自然之水",一为"财富之水"。中国第一个王朝夏朝的建立很大程度上就是得益于"大禹治水"。"大禹治水"之所以能够成功,那是因为他比他的前人更深刻地了解到——对于水你不能一味地限制它,约束它,而应该"因势利导",给它提供一个可供释放和流动的环境。后来的统治者唐太宗和他的贤臣们从这里得到启发,于是提出"治民若治水"。然而,我不知道李世民和他的贤臣们有没有仔细想过,若以民为水,财富之"水"则又肯定是"活民"之水,焉能不优先治理?都说"人往高处走,水往低处流",偏偏古今中外每一个王朝的兴起,从王室或皇室开始,总不忘先是"造神",接下来则以"君权神授""奉天承运"的名义,从下层人民手中巧取豪夺,囤积财富,往山上"堆水"。可是,水怎么可能长期"堆"下去,并囤积居奇呢?它的性质本就是要向下流的啊。

## 财富如水

老子曾在《道德经》中说过:"天之道,损有余而补不足,人之道,损不足以奉有余。"也就是说,"人道"总是让"富的越富,穷的越穷",总是将财富之"水"不断地往山顶的"水库"里"堆",但"堆"到一定的时候,"天道"便会发挥锹镐的功用,挖掘开堤坝,让"堆积"起来的财富之"水"奔涌而出,重新流回社会的低洼之处。于是,反映在历史的镜面上,便是一个又一个王朝殚精竭虑聚敛起来的财富,终于又在农民起义或者外族侵略的硝烟烽火中重新加以分配了。从这个意义上,一部人类的历史,其实也可以看作是在"天道"和"人道"的相互作用和交替支配下,不断地将财富之"水"从低洼之处一点点收拢、聚集并堆积起来,弄得满世界一片"旱象",终于又"溃坝"或"决堤"四溢出去的历史。

这启发我想到天地间其实还有着一位能融"天道""人道"于一体的超级"理财大师",这位"大师"虽自亘古以来一直默默无语,但其所做所为却正是世间所有怀抱着"发财"梦想的人们(包括企业家、金融家、当政者们)的"资治通鉴"。

——这"大师"便是大海。

### 三本书主义

大海宽广、浩渺、博大、深邃,无时无刻不在蒸发和挥发着自己,让自身的一部分化成云雾聚拢在天空间,又时不时凝成雨雪冰霜滋润大地,涵养万物,然后再通过江河湖泊源源不断地流回自己的怀抱。故大海虽时时蒸发而不见其少,虽日日回收亦不见其多。但这过程便是"放手如来"的最好体现,这境界便是"利他利己"的最佳展示,这精神便是"慈悲喜舍"的最贴切注释。台湾有一位佛教高僧星云大师曾有一句名言,叫作"不会散财就不会聚财"。真是一语中的。凡为财,其实总是要散的,不是以这样的方式便是以那样的方式来散,就像水不是以这样的方式便是以那样的方式来流动和蒸发一样。但自觉地"散"和被迫地"散",所结出的因缘的果实却是大不一样的。自觉地"散财",结下的必定是众多的"人缘",而我们知道,"人缘"其实正是"财源"。

### 七

上海有一位企业家兼慈善家孙先生曾对我说过这样的话:"人的能力有大小,聚敛的财富也有多寡,但你最好能拿出

财富如水

20%到30%捐赠出去,因为那部分财富本质上并不属于你。你不捐出去,它也会通过各种不同的途径从你的手中流出去的。"他这话听起来似乎有些玄,反映出的却是一种"大海""自度度人""自觉觉他"的"大乘"精神。这也让我联想起美国人对于财富的态度。印象最深的是美国人的税务制度,通常收入越高,捐税越多,年薪10万美元以上的白领,缴税会达40%左右。同时,政府也鼓励捐款,明文捐款可以抵税。因此,社会长期形成慈善捐助意识,包括哈佛在内的一大批名牌大学基本上都是靠民间捐款来维持和运作的。当然,税收以及慈善捐款的很大一部分通常还用来帮助社会的"弱势群体",以便财富之"水"得以及时流向社会的最低处,从而保障社会的稳定。

美国人的立国精神鼓励人们去创造财富,但从法律的层面也不断地采取措施限制或防止社会的财富过度集中在个别人、个别企业或个别集团手里。"反垄断法"和"反托拉斯法"的推出,就反映出这样一种精神。从这个意义上,美国人在治理财富之"水"方面,还是有些特别的心得的,甚至还可以说基

## 三本书主义

本上做到了"顺天应道"。但我有时又怀疑：美国人作为世界大家庭中的一员，在处理自己和别国尤其是穷国的财富分配关系时，是否也保持了这样的睿智呢？

当世界经济连成一体，全球化让地球变成一个"村庄"时，如果还有国家试图以强凌弱，从政治、军事、经济和技术各个层面疯狂地攫取别国的财富和资源，相信不仅会伤害到别国的利益，同时被削弱的还有这个国家的整体政治实力和经济实力。即便是超级大国如美国者，也不可以依恃全世界的石油日渐枯竭，自家丰富的石油资源尚未开采，就可以在石油危机到来之时高枕无忧，就可以笑眼相看别国的汽车和坦克都成了一堆废铁，而自家的田间和高速公路上却马达轰鸣，车水马龙；也不能指望金融危机到来时，可以依恃自己超强的军事实力阻止美元贬值，大公司破产，市场信心下滑。历史上有过太多的军事实力十分强悍，经济上更是富得流油的王朝，若罗马、若波斯、若拜占庭等帝国，曾几何时还不是烟消云散？

所以，在全世界对中国这些年来因改革开放而达成的举世瞩目的"经济奇迹"大唱赞歌时，在国人满怀憧憬地期待着

## 财富如水

曾经在帝国主义列强的欺凌下千疮百孔的中国,终于可以从经济层面重新"崛起"时,我们似乎还是应该更冷静、更清醒地抓紧抓好"两水"的治理。对付自然界的"水灾"和"旱灾",我们已经积累了自"大禹治水"以来的历朝历代的经验,可以说已经颇有心得,但对于"财富之水"的治理,恐怕还要继续"摸着石头过河",走一条漫长而曲折的路。而且,即便中国有一天真正富裕起来了(我当然毫不怀疑我们正昂首阔步走在通向富裕的路途中),或者说尽管我们还谈不上富裕,至少也"脱贫"了,那么,我们也要想方设法将我们国家财富的20%到30%尽可能地"撒"出去,去帮助比我们还要穷的国家和民族,以及那些虽比我们富裕得多,但却遇到了一些暂时的意想不到的困难的富国。这也可以称作是"散财"之举吧。但这体现了作为一个大国的"大海"的胸量和气魄。"财聚则人散,财散则人聚。"相信散出去的是"财",聚来的一定是"人气",是"善缘",总有一天还会化为"不尽长江滚滚来"的财源的。而"财厚德愈薄,财薄德益厚"。如果将来某一天我们又能"厚德载物",以独有的且为普世接受的文明和价值观引领世界的话,那么,我们那时大概终于可以毫无愧色地向全世界大声宣布:经过中华民族数代人的努力,借着全世界各国人民的众缘相助,我们——炎黄子孙,"地球村东方组"的公民,已然跻身世界强国之林了!

……

## 八

然而,"人为财死,鸟为食亡"。我还是看惯了太多的为财富所异化了的当代众生相。所谓"钱在银行,人在病床;钱在银行,人在班房;钱在银行,人在坟场"是也。这也难怪,处在一个人人都想发财,连老头、老太太们都可以一坐一整天,两眼盯着花花绿绿的股指数字,心里七上八下,皱巴巴的脸上时而欣喜、时而焦虑的时代,你还能说些什么呢?也许我只能说,虽然我们人类常常以高级动物自诩,其实还是不能免俗的。海峡对岸业已出了一位被财富之"水"压"扁"了的前"领导人",但愿海峡这边不会出现一个被财富之"水"泡昏了头的民族……

## 财富如水

想想吧,没水喝人会渴死,水喝多了人又会撑死。但我们的胃口究竟能装下多少的水,本来在宁静的小河里徜徉的小舟是否一定要到澎湃的大海里去搏击和闯荡?大富、暴富、豪富……多么美好的企盼和向往,但那毕竟是特定时空关系下的一种特别的因缘际遇,冥冥中的一个定数,强求不得的。一句话,该你的跑不了,不该你的,就算是你能"上穷碧落下黄泉",到头来也难免"竹篮打水一场空"。马克思在憧憬共产主义的美好明天时,曾说过:"只有当社会的物质财富极大丰富,产品像喷泉一样向外涌流时,社会才能在自己的旗帜上最终写下:按需分配!"可见,马克思也是通达物质财富的"水"性的。试想一个物质财富虽然源源不断地汩汩喷出,却总是往山上"堆",而不能无私和有序地"涌流"向人世间的低洼之处的社会,还有能力和资格侈谈诸如"世界大同"这样伟大的人类理想吗?而一个以"囤积财富"为己任的人生,大概最终也很难逃脱被彻底"物化"或"异化"的厄运吧。故愿天下所有怀着求财的念头、发家致富的理想的人们,在行舟于财富之"水"之上时,当时时想到——明"水"性,审"水"情(自家肚皮

三本书主义

和身体的承载能力),结"水"缘,还"水"债(人生天地间,时时有亏欠感才懂得奉献和回报)。

同时也不忘——"君子爱财,取之有道,散之亦有道!"

……

我离开赌场已然多年,然时至今日,每每思索起财富的话题,赌桌上那些花花绿绿的筹码还会如浪花般在眼前激荡,而那浪花之上,似乎也总跳跃着几个醒目的大字——财富如水!

是的,财富如水。

我真想用如椽巨笔在天空、大海、山巅都写下这四个字。

我也想用蝇头小楷在人人的心头都写下这四个字。

同时我还想一齐写下:

——上善若水!

——大道若水!

原载2009年香港《文汇报》、印尼《国际日报》、美国《今天》,节本刊2009年3月23日《解放日报》"朝花",2009年4月13日《人民日报》副刊,并收入"人民日报2009年散文精选"等。

## 道失而求诸夷

两千五百多年前,孔子在周游列国的途中,曾发过这样的感慨:"礼失而求诸野。"

作为他的后人,虽不姓孔,但至少也在山东曲阜当过四年兵的我,今年四月间随"四海作家访问团",到地处西南边陲的云南"采风"。一路上,我们所乘坐的白色大巴,在云雾中穿行,在山巅和峡谷中颠簸,翻高黎贡山,越怒江、澜沧江,过腾冲,渡梁河,走陇川,游芒市,登保山,最后来到彝州楚雄。虽不敢僭称是"周游列国"了一遭,至少也是"云游诸夷"了一

## 三本书主义

回,且近距离接触和了解了傣族、阿昌族、景颇族、回族、布朗族、彝族等少数民族的一些风情民俗,可谓感慨系之,获益良多。

然最让我难忘的还是最后一站在彝州楚雄,那里的彝族同胞所留给我的深刻印象。彝族虽为少数民族,却也有人口八百多万,不仅有自己的文字,自己独特的毕摩文化、梅葛文化、虎文化,自己独创的十月太阳历,更有比李时珍《本草纲目》问世还早的著名医药典籍《彝州本草》……不过,彝族同胞给我最初的感性印象还是州政府欢迎宴会上的那一曲《劝酒歌》,其中有句歌词道的是:"喜欢呢也要喝,不喜欢也要喝,管你喜欢不喜欢也要喝。"我是属于基本上不喝酒的一族,这样的歌词初听上去难免觉得有些霸道,甚至还有些强人所难。但后来发现他们唱归唱,其实并不真的强迫你喝,也就释然了,并知道这原是他们热情待客、豪爽接物的一种表达方式。宴会结束,漫步"彝人古镇",忽见满街都是一圈圈携手联袂跳舞的人,歌声、乐声响成一片……方知"彝家人会说话的时候就会唱歌,会走路的时候就会跳舞,会吃奶的时候就会喝酒"

## 道失而求诸夷

一说果然不虚。

几天后,我有幸在"左脚舞之乡"牟定又见识了一场万人跳"左脚舞"的"狂欢盛筵"。何谓"左脚舞"?即跳舞时舞者围成一圈,十指相扣,在芦笙、月琴、四弦、笛子的伴奏下,先跐左脚,再出右脚……步步整齐划一,人人亦步亦趋,使歌、舞、乐、酒、情融为一体。那天旭日初升,一簇簇、一群群打扮得花枝招展的彝族同胞,便或乘卡车,或坐拖拉机,或步行,从四面八方涌向牟定县城。到午饭过后,虽然骄阳似火,可放眼四顾,牟定的大街和广场上仍到处聚满了跳"左脚舞"的人群。"左脚调"音乐和着嚓嚓的脚步声此起彼伏,一时蔚为歌的海洋,舞的海洋……

牟定左脚舞,究其历史已有一千多年,故有"千年一跳"之说。其中最令人叹为观止者,当首推俚颇支系的"玛咕舞"。所谓"玛咕",彝语为"老人跳的舞"。舞者年龄通常都在五十岁以上,八十岁以下,以三胡伴奏,舞步轻盈、优雅,节奏舒缓、平和。老人们如同年轻人般不停地勾腿、提腿、跐足、扭腰、摆胯、转身、合脚,可他们的面部表情却始终呈现出一种稀有的

### 三本书主义

宁静和安详。这"一动"和"一静"的巨大反差吸引了我,忍不住打探:"你们平时常跳吗?""跳的,经常跳。"他们异口同声地回答,继而又七嘴八舌地告诉我,"白天跳,晚上跳,逢节日、婚丧嫁娶就更要跳。""都跳到什么时候歇息呢?""天亮啰,六七点吧。""白天还要干农活的,通宵达旦跳不累吗?"我忍不住又问。"就是累才要跳啊。"他们中的一位白发老婆婆抢着回答,见我一副懵懂的样子,又补充说:"越累越要跳,越跳越不累。"我听了心上一动,再仔细观察他们的举手投足,忽然怀疑他们并不是在跳舞,而是在休息呢,并且是一种更高意义和更高境界上的休息!世间的人们常常是身体休息了,心灵却不能休息。可是,你看看眼前这些跳"玛咕舞"的老者,他们的身体虽然还在有节奏地摆动着,可他们的心灵,他们的精神却似乎已经甜美地睡下了。俗话说:一动一静之谓道。我就怀疑起眼前这些翩翩起舞的舞者,其实都是些业已"得道",或者至少已让自己的身心契合大"道"的"仙人"。

于是想到左脚舞的"左"字,大概也不是随便叫叫的。人们平时总爱说"旁门左道",喜欢当"左派",老子《道德经》中

## 道失而求诸夷

也说:"君子居则贵左,用兵则贵右……是以吉事上(通尚)左,丧事上右。"可见,"左"的方位常常是和"道"或者"得道"连在一起的。我由此推测起"左脚舞"为什么要用"左"字命名,或许是崇尚"大道"的彝人先祖觉得"左"更能代表"道"吧。而正因为有了"道"作为内涵和底蕴,"左脚舞"方历千年而不衰,最终成为彝族文化的活化石……

彝人中有一位先哲叫作高㢞映的,曾写过一首颇具"仙风道骨"的诗,曰:"柴门虽设未尝关,闲看幽禽自往还。尺壁欲求千丈石,黄金难买一生闲。雪消晓嶂闻寒瀑,叶落秋林见远山。古柏烟消清昼来,是非不到白云间。"其人不仅著作等身,所著《太极明辨》还破解了自理学大师朱熹以来未解的一些学术难题。辞官归隐后,他也曾在距姚安城二十多公里的山上结庐为屋,收徒授业,所教学子中有47人中举,27人中进士。其晚年于佛法更是浸淫深厚,曾以"横要安,竖要安,横竖都要安"的典型彝家语气教化和晓谕后人。

安什么?当然是"安心"第一。我从那些跳"玛咕舞"的老者脸上分明也看到:他们正秉持先哲的遗训,即便站着、

三本书主义

"竖"着,心都处于"安宁"的状态。而我也相信,一旦他们"横"着躺下去,同样也会"心安理得"地呼呼大睡的。

喜好唱歌、跳舞、喝酒的彝族同胞,事实上还是一个特别喜欢思索和学习的民族。日月、山川、湖泊、江河,天上飞的鹰、林间跑的虎等大自然的一切,常常都是他们学习和领悟的对象。同时,对于其他民族,尤其是汉族的优秀文化,他们也一直取一种兼收并蓄并发扬光大的态度。

我此行也曾到过大姚县的石羊,为的是去寻访这边疆小镇上的一处孔庙。我是在两个彝族干部的陪同下,于夜间12点多赶到镇上下榻的。清晨起来,发觉孔庙就在身后象岭的半坡上面南而坐。虽然规模小了一点,气势也不及曲阜的孔庙。但其布局均齐对称,排列有序,大成殿、大成门、棂星门、东庑、西庑、乡贤祠、名宦祠、朱子阁、仓圣祠、明伦堂等应有尽有,且古朴庄严、典雅别致。论占地面积,若在内地,大约一个省会级城市的孔庙也是难以比拟的。更何况,这庙里还供着一尊全国最大也是保存得最完整的孔子铜像呢。千百年来,祭孔也曾是小镇一年一度最隆重的一桩文化活动。据介绍,

## 道失而求诸夷

"文革"结束后山东曲阜恢复祭孔活动,还曾派出专家到石羊孔庙学习礼仪。这真是应了孔子他老人家当年的那句感慨——"礼失而求诸野"了。但我忍不住又想:若孔子今天还能到这"蛮荒之地",诸夷之中走一趟,是否还会再加上一句感慨,——"道失而求诸夷",或者"道失而求诸彝"呢?

此夷非彼彝,此夷即彼彝。

我们耳熟能详的"诸葛亮七擒孟获"的故事,千百年来总是在赞美诸葛孔明的聪明才智。其实想一想:孟获——这位彝人的子弟岂不更值得称颂?为保家卫土,屡战屡败,屡败屡战,顽强不屈,这体现了他的英雄主义精神;终于臣服,但绝不是简单地臣服某个人,而是审时度势,认识到诸葛亮的治蜀方略能体现大多数人其中也包括彝族的利益,故才选择依归"大道",这说明了他很明智。

这样来梳理历史,当年彝人所以要阻止石达开的军队渡过大渡河南撤,可能部分地也是由于他们相信这些昔日的"造反者",已经背弃了当年"替天行道"的誓言,腐化堕落,走向了自己的反面。而几十年后,当中国工农红军也来到大渡河

三本书主义

畔时,他们因为认识到共产党和红军确实是一支代表着最广大人民利益的新型军队,并能平等友好地对待一切少数民族,故才肯与红军将领结为金兰之交,在大渡河上网开一面,助红军保存有生力量北上抗日。

故而,楚雄走一圈,彝州转一遭,坚定我一种认识:和许多少数民族一样,彝族也是一个极富智慧的民族,甚至可以说是一个"得道"的民族。他们对于自然和人生的许多认知,他们身心与无所不在的"大道"的那种浑然天成的契合,那种和谐,可能正是我们这个时代所缺乏的。

我如今已然回到灯红酒绿的大城市,在这里,我发觉人们无论蓝领还是白领,官员还是百姓,老板还是雇员,虽然口袋里或多或少都揣着鼓鼓的钞票,但气色看上去却并不那么好,都显得疲倦和劳累。因此,我们常常要靠麻将桌、洗脚店、夜总会、网吧、酒吧等来消疲解乏,寻找片刻的安宁和愉悦……然而,遗憾的是,在这些个黑夜和白天时常颠倒的城市里,我们常常用尽了各种方法还是无法成眠。有时,我们的身体是暂时休息了,我们的心却一刻也不能安宁——不是想着房市,

## 道失而求诸夷

就是牵扯着股市,或者做着永远醒不来的发财梦……尤具讽刺的是:当身处边陲的少数民族同胞为了生态平衡和环境保护,正积极地退耕还林的时候,我们有些人还在挖空心思要将每一寸耕地变成商品房或者白花花的票子。

是的,不错,我们许多人在追求过奢华和富足后,现在开始高谈阔论生活的幸福感和幸福指数了。可我们有谁认真想过,幸福感和幸福指数究竟是如何得来的呢?

"道失而求诸夷。"

——我好像听到"子在川上曰"。

故有兴趣去楚雄瞻仰东方人类始祖元谋人遗址,或者到恐龙谷探幽访胜的人们,若存了追求人生幸福指数之念,不妨也顺道去彝州各处走一走,看一看,住一住吧。我相信,那些个在田间、地头跳"左脚舞"的老者们脸上洋溢着的恬宁的笑意,至少会带给你几夜没有噩梦的睡眠。

原载《人民日报》2009年8月3日副刊,并收入"人民日报2009年散文精选"

## 恐龙谷断想

六千五百万年前,陆地上曾经生存过的最大动物——有霸王或霸主之称的恐龙忽然灭绝了。2009年4月的一天,这些恐龙的部分残骸和我相约在彝州楚雄一聚。

累累白骨有些还若隐若现,半推半就地躺在禄丰县川街恐龙谷的红泥土里,有些已急不可耐地借着一双双人类擅长扒坟掘墓的手,从红土里跃出来,将一副副骷髅狰狞的恶相,惹眼地展示在陈列室的玻璃"棺罩"里,当然,更多的还是一队队、一群群参差不齐地裸立于好奇地打量着的目光中。

## 恐龙谷断想

霸王们,你们好!

我像是面对一具具兵败乌江后握剑自刎的项羽的遗骸,脑海里一时回荡起楚霸王"力拔山兮气盖世"的仰天长啸,心上忽然五味杂陈,说不上是景仰、赞叹还是惋惜……

一如人类毕竟有"吃素"和"茹荤"的不同,恐龙也有"植食类"和"肉食类"的区分。但是这些动辄几层楼高,十几米、几十米长,一天食量就要几吨、几十吨的霸王们是怎样神秘地从我们这个星球上消失的呢?这似乎已不仅仅成了"千古之谜",更是"亿年悬案"。

考古学家们根据考古发现作出了种种的猜想和推测,后来主要发展成"渐变论"和"灾变论"二说。支持渐变论的科学家们认为:恐龙灭绝的原因来自地球和它们自身。造山运动频繁,火山喷发不断,大陆漂移,海平面下降,气候转冷,中生代晚期被子植物代替了裸子植物,加之恐龙的后期体形过于庞大,适应能力差,又有哺乳动物的兴起与之竞争,渐渐地,地球上的植被和生物已远远不能满足"巨无霸"们果腹的需求,风卷残云般地吞噬过后,身后到处留下满目疮痍的山林。

三本书主义

它们于是有一天也"英雄末路",终于走到了"弹尽粮绝"的尽头,只能听凭饥饿的驱使,渐渐聚到一处,头向着东方——那里大概还有星星点点"可望不可即"的绿洲,仰天长嚎几声,"扑通扑通"地渐次倒下了……

一个主宰了地球近1.6亿年的生物就这样消亡了。

我不太相信"灾变论"。天灾的确是一种震人心魄的恐怖力量,但因为单纯的天灾而造成物种,尤其一种曾经主宰过地球亿万年的生物的彻底灭绝,那是不可思议的。因为我们从唯物辩证法了解到:一切事物的发生、发展和衰亡,其最根本最重要的原因还是内因;而且,我们也知道:一切占统治和支配地位的力量都无法挣脱自然因果律的束缚,最终会走向自己的反面。毁灭了所有的山林的恐龙最终也毁灭了自己的"食品制造基地",从而毁灭了自身。

其实,恐龙并不是地球生命史上第一个遭到灭绝的生物。在恐龙之前,地球上至少已经上演过五次这样的生物灭绝事件。其中,规模最大的是2.5亿年前发生在西伯利亚的一次规模空前的火山喷发。这次巨大的灾难曾使得50%的浅海生

## 恐龙谷断想

物和陆地上三分之二的两栖类、爬虫类动物灭亡,并使生物界整整沉寂了500万年。从表象看起来,这些生物的灭绝是由"灾变"引起的,但引起"灾变"的原因究竟何在呢?难道就没有那些被灭绝的动物的"积极参与"吗?

我们不可能清晰地了解发生在千万年或者亿万年前的事,但我们至少还熟悉身边的情况。比如,科学帮助我们开采和利用了石油,又帮我们发明了汽车和飞机,当然也顺便帮我们增加了大气层二氧化硫的含量,以致地球气温逐年升高,冰层渐次融化,有一天海水终将漫过家门……也许,千万年后的智慧生物从海底发现我们的残骸时,开始也认定是"天灾",是海水淹没了所有的陆地,才导致了人类——这个真正统治地球不足一万年的所谓智慧生命的灭绝。但那时我们的阴魂肯定会在海底窃笑,——因为我们心里比谁都清楚,造成那样一种灭顶之灾的根本原因是我们的"物质贪欲"所生成的"共业"。

我们的"共业"大概还不仅仅于此。

从大的方面看,我们创造的原子弹和氢弹,早已可以毁灭

三本书主义

地球无数次。我们的足迹已经到达月球,探测器则上过火星,理论上讲,我们不仅可以在地球上人为地制造"天灾",甚至还可以将"天灾"投放到遥远的外太空……从小的方面讲,过去我们围湖造田,填海造田,毁林造田,以至于生态失衡,草原快速沙漠化;今天,为了一点蝇头小利,或者为了住房宽敞再宽敞些,我们则又不惜牺牲每一寸耕地造房盖楼……

恐龙虽然灭绝了,但对于一个物种而言,至少还算高寿,因为这个家族毕竟曾经生存并统治过这个世界近1.6亿年。我们呢,作为一种曾经存在过的地球上最伟大的统治力量,我们会在多少年后灭绝呢?我们这个自认为有史以来最富于智慧的家族的寿命,可以长过我们视之为低等动物的恐龙吗?

无论是面对马克思、上帝还是佛祖,我都是很有些疑惑的。我也怀疑那些有关"世界末日"的描画,并非上帝对于人类的恐吓,而是人类一幅"自作自受"的真实"愿景"。

也许,我们能够聊以自慰的是:恐龙这样一支恐怖的毁灭性的统治力量的消失,对于整个植物界和动物界而言曾经是幸事。毁坏的植被重新绿起,濒临灭绝的生物获得了再生的

## 恐龙谷断想

机会,万类万物重新欣欣向荣,而人类大概也由此踏上了出发的征程……

天作孽,犹可违;自作孽,不可活。

我今天站在恐龙谷,目光与历经三升三沉的那些恐龙的尸骸对视时,眼前也浮现起另一条曾经时断时地续称霸东方几千年的"巨龙"。这条"巨龙"近代曾被西方列强打得趴在地上,毫无招架之力,长时间蜷缩在黄土堆里任人宰割,然而今天终于翻转身,并且跃跃欲试,预备腾飞了。可我很好奇,这条"巨龙"对于历史上的"走麦城",究竟是持"灾变论"还是"渐变论"的态度呢?是真心反省,从自身寻找原因,还是依旧一味怪罪外部力量的侵扰呢?不要小看了这两种态度的区别,其实它将决定"巨龙"最终能否腾飞,以及腾飞后究竟能飞多远和多久……

我们人类的心灵其实也时时活跃着一条物质欲望的巨大恐龙,尤其当这种物质欲望越来越变成"贪欲"时,这条恐龙便开始肆无忌惮地侵蚀、吞噬和绞杀我们原本健康的灵魂。于是,满世界都可以欣赏到这样的众生相:人们一方面醉心于对

三本书主义

财富的巧取豪夺,对权力的疯狂追逐;另一方面则对正义置若罔闻,对公理嗤之以鼻,对众生漠不关心,对灭亡毫无戒惧,结果是生命的和谐丧失了,家庭的和睦破坏了,世界的和平也变得遥遥无期……

  几种不同形态的、虚幻的、现实的龙一时交织着在我面前奔腾和飞翔。我忽然很有些不安,因为我不知道那1亿多年前的恐龙的基因是否与我们人类,与"东方巨龙"有着某种牵连?我也不知道,我们究竟能否延缓大自然的惩戒,推迟一切统治力量都会走向反面并演变成毁灭性力量的历史宿命?

  人们啊,你们握着自己的"得救之道"!同样,也握着自己的"灭绝之道"!

*原载《人民日报》2009年11月3日副刊*

## 放手如来

在美国生活久了,若有人问我对什么印象最深,我会说是"车库"。

因为家家户户拥有汽车,而且常常是两部、三部,甚或四五部,停放汽车的车库便成了每个美国家庭不可或缺的一部分。有些与主体建筑联成一体,有些则是单独地静卧于后园的一角。通常都有一扇可以翻翘的大木门(现正逐渐为卷帘式所代替),呈暗褐色,也兼有白色和天蓝色等。汽车驶上坡道,驾驶者只要远远地朝车库门按一按遥控器,那门就会颤巍

## 三本书主义

巍地翘起来,或者吞吸般静静地翻上去。

然而,我渐渐地却发现,很多人家的车库日积月累,都堆满了乱七八糟的(当然,也不乏整整齐齐的)杂物:大小不一的纸箱,旧床垫,生了锈的自行车,废弃不用的旧书桌、电视机柜、纱窗、门板、瓶瓶罐罐,等等。收拾得好些的,车还勉强可以停进去;马虎些的,两部车已只能停一部;再马虎些的,车库索性就变成了杂物间。因此,你在一些绿草如茵的住家门前走一走,常可看到一些漂亮的宝马或者奔驰房车露天停在坡道上,一任风吹雨打,日晒雨淋……

于是,有一天我忽然想:车库本就是用来停放比较贵重的汽车的,现在却用来保护总有一天会彻底处理掉的也许分文不值的杂物,岂不是"鸠占鹊巢",本末倒置了呢?蓦地就想笑,忽而又出了一身冷汗,——我们人的心灵,不也正像这"车库"么?

我们刚出生时,心灵空空如也,真可用"本来无一物",或者"本性清净自在"来形容。可渐渐地我们长大了,接触外境的机缘越来越多,心于是越来越着"相",心"库"里堆集起来

## 放手如来

的所谓知识和杂念也就越积越厚,密密实实,终于有一天,再好的"善知识"的阳光似乎也透不进去了……

周末在外面办事,朗日下,又经常看到有美国人在自家门前的草地上摊开杂七杂八的旧家具、衣服和器物之类,同时插一块牌子,上书"Garage Sale",——那意思是"车库杂物大甩卖"。通常经此一举,杂物总会被清除掉一些,而车库的空间相应地又增加了。不禁又想,我们在忙忙碌碌的尘世间,为什么不能也静下心来,学学美国人的样儿,经常花时间和精力将"心库"里不断堆积起的无明和杂念作一番清理呢?尽管不能拍卖,至少还是可以丢弃的呀。我们都知道,一个人如果手提肩扛着重物,走路肯定走不远,爬山肯定爬不高,而游泳则一定会下沉。同理,一个人如果听凭心头堆满杂物,而不放下或是丢弃,又怎能走比较远的路,爬比较高的山呢?

老子说:"为学日益,为道日损。损而又损,以至于无为。"

进而又想到一个国家或者民族的精神领域里其实也是有着一个"车库"的。越是古老的民族和古老的国家,那"车库"里堆放的"杂物"常常也就越多,以至于要放进一些新的东西,

## 三本书主义

也就特别地困难。故为中国计,也许我们第一要做的事就是"损"、丢或放吧。当然,"自家的车库自家清",该扔掉些什么,舍弃些什么,那也是"如人饮水,冷暖自知",很要考验一番我们的智慧和决心的。尤其一些破坛子、烂罐子,我们在扔时也许会犹豫,生怕是一件值钱的古董,这边刚刚扔了,那边马上就有人拾过去。为此,我们第一要丢弃的恐怕还是这种这也舍不得,那也放不下,疑疑惑惑、犹犹豫豫的心态。也许,我们在丢弃的过程中,确实因为不当心而扔掉了一两件不该丢弃的古董或宝贝。但是不要紧,只要我们的心态真正做到了随时可以放得下,那些被不小心丢弃的东西,总有一天还是会通过我们自身日益增长的智慧和实力,重新回到我们身边来的。

我几年前曾和一位已故的画家朋友同游福州鼓山涌泉寺,下山时猛一抬头,忽见迎面一座牌坊,上书"回头是岸"四个大字,顿时犹如当头棒喝,一下子愣在当地。后来,惊悸之余,心有所动,决定为这四个字配一副对子。在回福州城里用餐的路上,便有了"放手如来"四字的收获。

## 放手如来

放手如来。——这是我从几十年坎坎坷坷的生活中体悟出的一句自以为很有用的话。自古以来,我们常常是习惯了拿取,却很少想到放手,而到了不得不放手时,却已是悔之晚矣。

故我愿以"放手如来"四字与众生以及一切有缘人共勉。

原载《人民日报》2010年2月8日副刊,题"自家的车库自家清"

**酷、扮酷及其他**

去年9月,应邀到南昌参加新移民作家国际笔会,甫认识一位新文友,是个女性,忽然就批评起我几十年如一日的发型,说是瞧着很"土",一点也不"酷"。同样还是这个发型,半个多月以后我到山东师范大学演讲,却又有学生递条子上来,说我的发型"特别酷",并问是不是专业理发师"特别设计",可否"拷贝"?竟弄得我茫然四顾,一时不知如何作答。

然而,自此,我对"酷"这个字眼却上心了。

怎样才叫酷,什么才是酷的本来面目?我心里其实一直

## 酷、扮酷及其他

很恍然。如果照英文中"cool"的字面意义来理解,应该是看上去比较冷峻才对;但若按了中文"酷"的内涵去想象,却又不免让人想到"冷酷"和"残酷"。有时候又想,酷大概就是很时髦、漂亮但又总是绷着脸的意思吧。然而又不尽然,似乎还应该与艺术或者艺术家什么的有着某种联系。因为我们通常总是听说某个当红歌星,或者某个电影演员很酷,却很少听说一个扫马路和摊大饼的很酷的。所以,若以这样的标准,大学时代看过的一部日本电影《追捕》里的男主角高仓健应该是很酷的。他的那张脸看上去总是很冷峻,几乎从来不笑。再想下去,酷似乎又是名人的专利。比如,西施因为长得太美,即便心口疼皱着眉头,捂着心口走路的样子看上去也都是很酷的了。这样,酷似乎又并不仅仅是一种外在的举止,还应该有深厚的内涵作为陪衬和铺垫才对。

很遗憾,细细想来,生活中让我感觉到很酷的人究竟还是寥若晨星。不过,要是说喜欢扮酷的人,随便捞一捞,便可以有一大把。就说我最小的一个弟弟吧,记得当年戴墨镜,弹吉他,穿尖头皮鞋……哪一样新潮和时髦,他似乎都没有拉下

## 三本书主义

过,便是如今他在中美洲一家工厂做机修工,每天也必定要把自己打扮得油光粉面的。另一位印象很深的则是我大学时代的一个同学。平心而论,他人是长得比较帅的,但就是喜欢皱眉头,为的是要让自己更显出一些思想家的派头。他看小说,很容易地就会钻进去,并成为其中他所喜爱的一个角色。例如聂赫留多夫、沃伦斯基什么的,从气质、举止和步态,他都曾着意模仿。后来,他留学东洋,偶尔见到,又听他言必称名牌了。

我因为工作和兴趣的关系,也曾认识了一票可以称作是才气横溢的艺术家的人们。除了发觉他们在自己的作品中喜欢标新立异外,他们生活中的着装,包括发型也从不肯迁就成大众化,或者长头发,或者光头,更有在后脑勺梳一根老鼠尾巴一样的小辫的。也有一位音乐家朋友,别人穿中山装时他穿西装,别人穿西装时他穿唐装,别人穿唐装时,他又穿裙子了,后来则又喜欢戴军帽,背"文革"时代的军用挎包招摇过市,而且特别喜欢对人说,他最爱闻过去公共厕所里的腥臊气,又抱怨现在的"人性化厕所",实在整得太干净,站过去一

## 酷、扮酷及其他

点感觉也没有,竟然撒不出尿来了。我听后初始有些怀疑他的嗅觉可能出了点什么问题,后来才明白,他原来也是在"扮酷"。

为什么要扮酷?其实,仔细想想,人都有装饰自己的需要,都希望更美些、聪明些,更有气质些。又兼虚荣之心人皆有之,故稍稍扮一点酷,弄得穿着、发型与别人不一样,言谈举止也自成一格,本无可厚非。更何况,古代名士、贤人中扮酷的也不在少数。就说一直为文化人所景仰的魏晋名士们吧,就很有些扮酷的味道。先不说阮籍的"善啸",嵇康的"青白眼",即便史书上所称道的嵇康临刑前"神气不变","索琴而弹之",则既可目之为"酷",也可称之为"扮酷"。说"酷",是因为他这个人内在的文化修养和对待生死超然物外的态度让人景仰,说"扮酷",则由于他的行为很可疑,弄不好是要借此来成全一个名士的名节,以求"风骨存焉"。又有老子和庄子。两位都是道家的代表人物,后世也多以老庄并称,然而细究起来,两人对待哲学和生活的态度却也很不一样。至少,老子崇尚"和其光,同其尘",比较平实;庄子则多了些诗人的气质,又

## 三本书主义

常以鸿鹄自许,洋洋洒洒,便或多或少地有些"扮酷"了。只不过因为是大家,且也是真情流露,又境界高远,后人看着也就不以为意,只有敬佩和崇仰的份了。故扮酷者也需有自知之明,要适可而止,恰到好处,不然,让人感觉到是在"东施效颦",可就"画虎不成反类犬"了。

然而,"扮酷"者当中也有并不那么单纯的。尤其政治人物,出于各种各样的动机和目的,常常要"做秀"。有些是迫不得已,有些是为了"拉票",有些则是精心策划了用来麻痹政敌的。而要麻痹政敌,有时要示强,有时则又必须示弱。我就曾见到有政治人物,平时露脸时经常喜欢唱唱歌,弹弹钢琴,背背唐诗,说说外语什么的,让人感觉着是貌似渊博的"草包",未料他"该出手时便出手",倒让对手连同浑浑噩噩的世人皆大吃一惊,连声慨叹:"想不到,真是想不到……"

此外,颇值得一提的是,有些骗子似乎也很爱"扮酷"。比如,照恩格斯的说法,杜林一类"政治骗子"就总喜欢标榜自己是"永恒"和"绝对真理"的发现者。我自己20世纪90年代初也曾在洛杉矶见识过一位"经济骗子"。那可真是个很会"扮

## 酷、扮酷及其他

酷"的家伙,一出场就自称"和财神爷同一天生日",是个"会下金蛋的鸡",又找了许多人抬轿子、吹喇叭,将自己打扮成具有"特异功能"的"奇人"和"异人"。我因为当时丢了工作,听说到他这里只要投资一万元,每月就可以拿一千五百元的工资,且还是管理层的人物,心马上就动了。结果不出一个月,骗子卷款而逃,害得我和全公司好几十号人的投资基本上血本无归。后被太太骂成"傻帽"不说,更为个别不明真相的人目为"帮凶"。所幸的是,"天网恢恢,疏而不漏"。这骗子后来竟又跑到中国内地去用同样的手段行骗,且诈骗的数额已接近天文数字,终于被逮住,而且枪毙了。

不过,话又说回来,大千世界,无奇不有。"酷"有"酷"的风格,"扮酷"有"扮酷"的境界。我也决不想一棒打落满树的桃子,把生活中染个头发、穿穿唐装之类的美的崇拜者们都当成了骗子。但大约因为受骗受怕了,我还是担心与我有着比较密切关系的文艺界、思想界和教育界——这些从前感觉着还是净土的地方,也会笋子一样冒出一些精于"扮酷"或者"做秀"的骗子。

三本书主义

然而,我这很可能是"杞人忧天",或者"一朝被蛇咬,十年怕井绳"了。

原载《人民日报》2010年6月16日副刊

## 众缘成就的《伤痕》

初秋,酷热依旧,中央电视台《见证》栏目摄制组来到上海,邀我配合拍摄一档叫作"见证伤痕文学"的电视节目。

二十九年过去了,许多往事恍如隔世,"若梦幻泡影,如露亦如电",以至于有时竟疑心起《伤痕》这样一篇如今静静地躺在文学史上,大概除了中文系的学生已很少有人问津的短篇小说,当年是否真的出自我的手笔。也忍不住问:确曾有过"我"吗?这样想,更感到《伤痕》能够问世,端赖于当年的众缘相助。于是,"因缘"两个字一时竟如秋夜满把清光,訇然泻

## 三本书主义

满心头,久久徘徊不去。也就进一步想:历史,其实真是说不清道不白的。君不见发生在我们身边的哪怕再小不过的一件事,动辄也会牵扯到成千上万的"因缘"?有感于此,遂决定从尘封的记忆中搜索出几件与《伤痕》问世有着比较特别关联的因缘道来,以感谢和纪念那些曾为催生《伤痕》作出过特别贡献的师长和朋友,同时也给有兴趣的读者或研究者提供一点很可能是属于"野史"的资料吧。

《伤痕》最初发表于1978年8月11日上海《文汇报》"笔会"版,责任编辑或者说主要负责与我联络的编辑,是当时的文艺部部委钟锡知先生。但在我的心中,《伤痕》最初问世的园地其实应该是复旦大学中文系"七七级""文学评论专业"班的墙报,时间是1978年4月上旬,地点是四号宿舍楼底层拐角处,主编则是同班同学倪镰。那时,我们刚刚进校,因为是十年"文革"后第一批通过考试入学,兼以名校,白底红字的校徽佩在胸前,人人都意气风发,恨不能"指点江山,激扬文字"。于是,就有人提议成立各种各样的文学兴趣小组,例如小说组、诗歌组、散文组、文学评论组等,并很快得到热烈的响

## 众缘成就的《伤痕》

应。我本分在诗歌组,但接触鲁迅等20世纪30年代作家以及西方19世纪批判现实主义作家的作品多了,忽然觉得比较起诗歌而言,小说的容量和影响更大,于是就动心起念"跳槽"到小说组。其时,班委会已然决定要出第一期墙报,并要求每人准备一份墙报稿。我后来当然是因为受了鲁迅先生《祝福》一文的影响而写《伤痕》的,尤其许寿裳先生评《祝福》的一段话当时更令我激赏:"人世间的惨事不惨在狼吃阿毛,而惨在封建礼教吃祥林嫂。"然而,细细想来,最初的写作动机应该还有为出墙报"应差"的因素。《伤痕》是在泪水中完成的,因为深恶痛绝当时文章的假、大、空,写作过程中,我曾努力要求自己直接师承30年代作家们真实朴质的文风,只写在我看来是真实的人物、真实的思想、真实的感情。写完后,自我感觉很好,但请个别老师和少数几个同学看过后,他们却不以为然,并向我提出了一大堆让我深感困惑的理论质疑。我于是由十分的自信转而十分的灰心,终于将手稿锁进抽屉。偏偏这个时候,沉着、稳重且总是面带笑容的小说组组长(兼班级墙报主编)倪镰同学推开寝室的门探进头来,见我刚刚爬上靠窗的

## 三本书主义

上铺,背倚墙壁,腿上垫一枕头,意欲开始"床头写作",于是扬扬手,"嗨,过两天要出墙报了,你小说写好没有?得交了。"我一时无语,连将《伤痕》捧出去交差的信心也丧失了,只能支吾道:"唔,知道了。"倪镳走后,我翻身下铺,坐到桌前,打算重写一篇。然而,只起了个头,就是写不下去,心里一松劲,还是将原本锁进抽屉的《伤痕》翻出来,用五百字一张的方格稿纸仔细誊好,然后忐忑不安地交了出去。

然而,命运就这样改变了。

等我第二天早上醒来,好像是周末,忽然听到寝室门外一片嘈杂的人声,打开门走出去,但见门外的走廊上围满了人,正争相阅读着新出的墙报头条位置的一篇文章。大多是女生,不少人还在流泪。我忙探过头去,终于认出那稿纸上我的笔迹……自此以后,直到《伤痕》正式发表,这墙报前,便一直攒动着翘首阅读的人头:先是中文系的学生,继而扩展到新闻系、外文系以至全校。而众人面对着一篇墙报稿伤心流泪的场景,也成了复旦校园的一大奇观。难怪后来有人夸张地说:当年读《伤痕》,全中国人所流的泪可以成为一条河。

## 众缘成就的《伤痕》

上海《文汇报》编辑钟锡知先生很快得到这个信息,凭着他对新闻独有的敏感,马上托人找我要去一份手稿。后来我知道,将这个信息传递到《文汇报》的,是住在三楼的一位我们中文系刚刚留校的女教师,名叫孙小琪。她曾在安徽蒙城插过队,钟锡知先生曾去当地采访过她们知青小组,并撰写了长篇通讯报道,此后便与知青中的许多人结下了深厚的友谊。她先是将小说的情况说与她的一位女友俞自由听了(其人当时在安徽某县当县长,和钟锡知先生关系特别熟稔),因之迅即反馈给了钟先生。这样,《伤痕》这只纸叠的小船儿,经由她和她的女友的热心推助,蓦地驶入深广莫测的历史大海洋中。然而,它那时的命运其实还是很不确定的。要去我手稿后的两个多月时间里,报社从没有给过我任何的允诺。我只是后来才从钟锡知先生那儿知道,他们当时打出了小样,在上海文艺界反复、广泛地征求意见,此后又遵总编辑马达之命,借开会之机去北京征求意见。火车的软卧包厢里,上海文联主席钟望阳先生和他同行,再番谈到《伤痕》,钟望阳先生说:"如果你们《文汇报》不方便发表,就给我们用在复刊后的《上海

## 三本书主义

文学》第一期吧。"可惜当时作为一个大学一年级新生的我,是无从知道这些后来才"解密"的内部消息的。有感于《伤痕》手稿自从进了《文汇报》便"泥牛入海无消息",我的一些要好的同学就建议我向《人民文学》投稿,还帮我整理了一份介绍《伤痕》在复旦校园引起轰动的信函,并一一认真地署了名。依稀记得的有李辉、颜海平、李谌、周章明以及同寝室的唐代凌、吴秀坤等。遗憾的是一个多月后收到的却是《人民文学》一纸铅印的退稿信。然而此时,《文汇报》方面也终于有消息了。是7月底或者8月初的一天吧,忽然有人带信要我去《文汇报》一趟。那时,《文汇报》的社址还在外滩的圆明园路,楼高七层,贴瓷砖,铺地板,感觉很高也很气派。我是在六楼文艺部的一间面南的办公室里第一次见到钟锡知先生的。他人不高,有些瘦,但很白,很精干,稀疏的头发傲然后扬,两眼明亮而有神。他告诉我:"你的小说可能要用,有些修改意见要和你谈谈。"依稀记得,意见大约有十六条。重点的是小说第一句"除夕的夜里,车窗外,墨一般漆黑",有影射之嫌;故后来改成"远的近的,红的白的,五彩缤纷的灯火在窗外时隐时

## 众缘成就的《伤痕》

现",同时加一句:"这已是一九七八年的春天了";至于车上"一对回沪探亲的青年男女,一路上极兴奋地侃侃而谈",则由编辑执笔修改成"极兴奋地谈着工作和学习,谈着抓纲治国一年来的形势";一直给王晓华以爱护和关心的"大伯大娘",因为缺乏阶级属性,也被要求修改成"贫下中农";而小说结尾,据说感觉着太压抑,需要一些亮色和鼓舞人心的东西,于是,我不得不让我笔下的主人公最后"朝着灯火通明的南京路大踏步地走去"。现在看来,这些修改意见尽管折射出那个时代人们思维的某种局限,却也真实地反映出《文汇报》同仁在冒着巨大的政治风险来发表《伤痕》时,所表现出的一种极其细致和负责的精神。

谈到《伤痕》,有一个人是不能不提及的,那便是《文汇报》的原总编辑马达先生,没有他的魄力、胆识和决心,《伤痕》这篇小说大概也就不可能最终与那个时代的读者结下不解之缘。可是,据马达先生回忆,小说发表前,他曾将小说的大样送呈市委宣传部副部长洪泽批示。他们是好友,"文革"中曾一起蹲过牛棚,对时事有着许多相近和相同的看法。他

三本书主义

希望能得到他的支持。而很快,洪泽先生也就批示"同意发表"了。所以,也可以这样说,洪泽先生的批示,是促成了《伤痕》最终发表的"临门一脚"。然而,有趣的是,有关这"临门一脚",后来又出现不同的版本。事情还得从著名电影表演艺术大师赵丹先生的公子赵进说起。那时,因为赵丹先生打算拍《伤痕》,我与他们一家人很快也就相熟了。有一天,赵进忽然有些神秘兮兮地对我说:"你知道是谁决定发表《伤痕》的吗?"我有些懵懂,他于是说:"我和洪泽的女儿是同学,有一天她亲口对我说,'知道吗?《伤痕》是我发表的。'我问她怎么回事,她说她有一天回家,她父亲坐在外面阳台的藤椅上读报,见她回来,马上招呼她:'快过来,《文汇报》送来篇小说要我审阅,你帮我看看,要是好的话,我就签发了。'她忙接过来,一口气读完,结果大哭,就抱住她爸爸的脖子,说,'爸,发表,要发表!这样好的小说一定要发表!''可这是要冒很大的政治风险的哟,你不怕老爸再受连累,再去坐牢?'她爸爸就和她开玩笑。'不怕,你不发表我就和你断绝父女关系!'她也撒起娇。'那——我就签发了?'她爸于是说。'签,快签,现在就

## 众缘成就的《伤痕》

签!'她说,一把抓住她爸拿笔的手。就这样,《伤痕》很快见报了。"

这是一个后来又经作家薛海翔证实的故事。他亲口告诉我,他也认识洪泽女儿,洪泽女儿也亲口讲给他听过同样的故事。当然即便没有他证实,我也不怀疑,像洪泽这样在"文革"中受过许多迫害的老干部,读《伤痕》一定感同身受,情感上也一定支持发表,只不过女儿读后的强烈反应更进一步坚定了他的决心罢了。所以,马达先生送呈洪泽批示,洪泽先生倾听女儿的意见,其实都是在内心已有一种强烈的倾向性意见后,为了觉得更踏实些,故向身边最亲近的人们寻求精神支持的一种下意识的举动。

就这样,作为一个大学一年级新生的习作,一篇普普通通的墙报稿,经由《文汇报》的发表,《伤痕》很快在全国范围内引起了巨大而热烈的反响……就这一点而言,它确实是幸运的。

而我也由此步入文坛。我也是幸运的。只是站在今天的时空标点上,回顾《伤痕》发表的前前后后,我更加相信它的问

## 三本书主义

世的确是众缘相助的结果,甚至"文革"那个荒唐的年代,那个荒唐年代里荒诞的文风,也成了它的"逆增上缘"。不过,它现在已然又成了文学史上的一个"因"。但愿今后的人们偶然经过这片"因"地时,还能从那些看上去有些稚嫩的文字里了解到一点历史的真相,得到一些别样的启示,流露出些许久违的真情。

2007年10月写于上海(原载《天涯》杂志)

## 钓者

初夏的河毕竟更秀美:水是暗绿色的,深沉而宁谧,岸柳也早爆出了翠绿的嫩叶。这是一个无风的清晨,太阳还不曾露脸,河面上梦魂般游走着一片片、一团团、一缕缕轻纱般的薄雾。

我是"六一"的傍晚抵达北京的。甫下飞机,便有朋友发来一则短信:祝"儿童节快乐",并说今天可以"尽情地吃手指,尽情地尿床,尽情地撒娇……"我就乐了,也有些感慨:因为这种"尽情"的日子,不仅对于"老顽童",便是小顽童,大约也很遥远了。我们真正能够"尽情"地做着的,肯定还是人生永远也做不完的各种各样的"功课"。

当晚,我下榻于"亮马桥"畔的"华都酒店",夜里竟然"尽情"地做了一回梦。梦里,我在酒店附近的河边钓鱼,一河的鱼儿不知得了谁的将令,忽然都蜂拥着游到我身边,还学着海豚的样儿,从河水里跃出半个身子,朝我不住地点头⋯⋯

因了这梦,我第二天早上起得分外地早。我也想,这地方既然叫"亮马桥",大概确实会有一条河的。我就沿着酒店门前的路信步向东走去,才百十步,果然就与一条恬静、清澈、宽阔、笔直的大河扑面而遇。

我后来知道,这条河就叫"亮马河"。

我站在那桥上,沐着清晨的微风,时而放眼远眺四面八方拔地而起、耸入云端的办公楼,时而低眉俯瞰脚下波纹不兴、绵长无际的流水,心头忽然也有既陌生又亲切的晨雾时聚时散,并袅袅升腾⋯⋯

我便从桥畔拾阶而下,沿着砖铺的人行通道,撩开不断拂面擦身的柳枝,缓步而行,浏览一河的秀色。渐渐地,河畔三

钓者

三两两的钓鱼者的身影吸引了我。我从小就是个酷爱钓鱼的人,故乡的河岸,童年的海边,美国的湖畔,都曾留下我垂钓的身影。想当年,我还在上海《文汇报》工作时,也曾和一帮钓鱼的工人朋友赶早上5点半的火车,由上海去昆山的乡下钓鱼,一次曾收获过大小不一的三十多条鲫鱼。

离桥不远处蹲坐着一位工人模样的中年钓者,感觉到我走近他,静静地扭过头来。"钓到了吗?"我问。他点点头,垂眼扫视了一下脚跟前一个塑料小桶,便又将目光重新投回河面上米粒大小的白色浮漂了。我于是蹲下身,细细打量起他的"战利品":毛估估,竟有二十几条之多,但都是些不足三钱重、三寸长的小鲫鱼,呈暗黑色,很像是和黑鱼杂交过后繁殖的后代。我忍不住捞起一条捧在掌上,见它挣扎不已,旋又放回桶中。我猜想,这鱼儿倘若是人类的子民,大概也就三岁左右吧,应该还是婴儿。内里大约也有七八岁乃至十岁的,勉强可以过过"儿童节"了,可是,若想再"尽情"地在"父母"身边"撒娇",看来断无可能了。我就有些伤感,也不忍再看它们拥挤在狭小的水桶里茫无所知地等待"末日的审判",就站起身,

## 三本书主义

静静地走开了。

我又光顾了几个钓者的"钓摊",有的钓到了,有的没钓着,有的收获一两条,有的"诱捕"十几条,有的用桶盛,有的用瓶装,都是清一色少不更事的"婴儿潮"。我所见到的最大一条鲫鱼,大约也就一两多重,但奇怪的是那钓者并没有放在容器里用水养着,而是任其曝尸于尼龙的网兜里……

"这鱼——是留着吃吗?"我忍不住打探,蓦地也想到梦中那些鱼儿说不上是欢蹦乱跳还是泪眼蒙眬的模样,更怀疑起自己的前生可能也是一条鱼。

"喂猫啦。"一个胖胖的老者这样说。

可离他不远处的一位年轻人却压低嗓门告诉我:"别听他的,用油炸了吃,崩脆,倍儿香。报纸上现在也都说,杂鱼、小鱼的营养价值更高。"

我就很有些茫然了。

我已经放弃垂钓好些年了,但遇上别人钓鱼,还是熬不住要站在一旁"观钓"。前不久,在美国的凤凰城附近的一处小湖边,我也曾偶遇一个白人越战老兵在那里用抛钩甩钓,知道

钓者

我从中国来,且也当过兵,一下子就亲近起来,并向我如数家珍地说起老子、庄子和释迦牟尼,让我惊诧不已。后来,我也亲见他将钓到的鱼仔仔细细审视了好几遍,间或还张开手指比划一下,体格小一些的全都放回湖里。因为按照美国法律,钓鱼者除必须拥有执照外,钓上来的鱼至少也要达到"弱冠"(会有重量和大小的规定)的年龄才可带回去食用。违反规定者会被重罚。故我在美国这些年来,从未看到有钓者将"婴儿"期的鱼儿或螃蟹之类拿回家去。那法律规定的目的,大概也是希望鱼类的种群繁殖借此可以达至大致的"生态平衡",以便人类和鱼类的子孙后代可以一直在河边、湖畔或者人类的餐桌上"低头不见抬头见"。

我这样想着,不经意间忽然又看到那些钓者的身后,每间隔几十米,其实还竖着一块块硕大的蓝色方牌,那方牌上白色的大字分明写着:"严禁钓鱼、游泳……"可偏偏就在这当儿,河的中央,正有一男子以优美的蝶泳姿态"扑通扑通"地击水而行,寂静的河面上犁开一道亮丽的白痕。

有几个拾烟头的老人迎面走过来。询问之下,知道他们

三本书主义

是在做义工,清洁河畔环境,我忍不住问:"这牌子上明明写着不可以钓鱼,为什么还有这么多人垂钓呢?"他们一时哑然,但很快又见怪不怪地说:"以前管过的,可是管不住。""那为什么还要竖这些难看的牌子呢?不也'污染'环境吗?还不如拔掉算了。"他们就都笑了,以为我是在说笑话。我于是又说:"要不,改为'禁止钓小鱼'也行。"他们笑得更厉害了。但其中一个八字眉的老者却朝我认真地摇摇头,道:"还是一样的。"说着,又"探地雷"一样,提起手中的长长的竹夹,在草丛和砖缝间寻寻觅觅,仔细捡拾大多为钓者们所随手丢弃的烟头了。

我打算往回走了,经过一个白胡子老人的身旁,忍不住又问:"你这些鱼回家打算怎么吃啊?"

"不,还放回去的。"他很斩钉截铁地说。

我就有些高兴。毕竟我们这样一个泱泱大国,自古以来就有"埋头苦干"与"为民请命"的,同样,也不乏具有"同体大悲"和"与鱼为善"之精神的。只是,我再打量那白胡子老人,眼前忽然有一种错觉——似乎天地的尽头或者日月星辰之

## 钓者

间,亘古以来就一直坐着一位和这白胡子老人面目相似的垂钓者。他的名字可能是"上帝",也可能是"佛祖",有时也叫"神明"。"金钱""美女"和"名望",正是他垂钓时恒常不变的诱饵。当我们还年轻,尤其少不更事、缺乏历练的时候,总是很容易上钩的。但这位钓者很慈悲,知道我们心智还不成熟,通常会放我们一马。可很受了一番或几番惊吓的我们,长大后是否还会继续"贪嘴"或"贪杯",再去碰、去触、去咬、去吞这些可能会取魂、夺魄、索命的诱饵呢?

……

我离开那片河岸预备往回走了,忽然注意到近岸的菖蒲间开了一些很好看的花儿。花儿有黄有白,绰约如仙子,煞是好看。但问过好几个钓者,都不知道那花儿的"芳名",只知道好像是从南方移植过来的。我于是想,"仙子"从来都是来历不明的,不妨就叫作"仙子花"吧。

那晚,我又做了一个梦,梦中总听到"仙子花"在菖蒲间不住地叨叨着:"鱼儿们,千万别……长大了……可别再指望——生还……"

三本书主义

　　那一河的鱼儿,有些好像听懂了"仙子花"的话儿,开始三三两两地沉潜到黑色的河底,并报以鸦雀无声的静默;但更多的却置若罔闻,似乎为一河取之不尽、吞之不完的钓饵而唼喋不已,欢呼雀跃……

　　原载《人民日报》2010年8月11日副刊,并收入"人民日报2010年散文精选"

## 论"三本书主义"

打从少年时代起,就曾不断地听人宣传和推崇"一本书主义"。那意思大约是,人生只要有一本成名作,便是获得一块敲门砖,足以敲开文途或宦途的大门,躺在上面吃喝一辈子了。所以,当年《伤痕》发表并引起轰动后,就曾有朋友半是戏谑半是羡慕地对我说:"你这可是一篇小说主义啊。"这话从客观上来讲似乎倒也不错,但那朋友肯定并不了解,此后随着年岁的增长,阅历的加深,我越发看重的倒是"三本书主义"。

何谓"三本书主义"?并不是我想写三本立身、立命、立言

## 三本书主义

的书,以便获得三块"敲门砖",去敲富贵腾达之门。而是觉得人生退一步从小处想,要做到不虚度,善始善终,全身而退,当读好"三本书";而如果从大处着眼,起心动念,自度度人,经国济世,就更得读好"三本书"了。

我所说的这"三本书"中的第一本"大书",主要是指古往今来的一切"书本知识"。"三十而立"之前,我对这本"大书"最为情有独钟。尤其因为"文革"期间学业的荒废、思想的混淆,甫进复旦大学中文系,我便如饥似渴地找来古代和西方的各种典籍细加阅读。除一点点"啃吃"过《昭明文选》以及《战争与和平》等大部头著作外,还先后背诵过整本整本的唐诗、宋诗、宋词及元曲等,以为"补课"之举。作为这种阅读的收获,我在鲁迅先生的《祝福》的影响下,曾写成了第一篇小说习作《伤痕》。同时,宋人严羽《沧浪诗话》中所言"学其上,仅得其中;学其中,斯为下矣","取法要高",最高境界是"法乎自然"的话,也曾启发和鼓舞了我在而立之年后更好地去"行万里路",花更大的气力去捧读"自然和社会"这第二本"大书"。

世间一切的"书本知识",包括释迦牟尼、老子、孔子的书,

## 论"三本书主义"

以及马列、毛泽东的著作,归根结底还是前人或别人咀嚼过的"馒头",是别的个体生命在特定的时空关系下对"自然和社会"的领悟,虽然可以给我们以种种启示,但毕竟不能代替我们自己的"个体生命体验"。更何况,唯有"自然和社会"这本"大书",才是宇宙间最原初的版本,一切"书本知识"充其量也只能是它的"摹本"。读书又岂能只读"摹本"而不努力捧读"原著"呢?

为此,我先是在1985年辞去《文汇报》文艺部记者的职务,下海经商;嗣后又远渡重洋,留学美国。其间,既踩过三轮车,当过书店经理,卖过废电缆,做过金融期货,也在赌场发过牌……而在牌桌上,我不仅"阅牌""阅人"无数,还从那些固态的五颜六色的筹码上,逐渐领悟到"财富如水"的性质:"那一枚枚的筹码其实也就是水滴,那一堆堆的筹码则是一汪汪的水,那一张张椭圆形的铺着绿丝绒的牌桌,则是一处处碧波荡漾的荷塘。于是,放眼望去,偌人的赌场内,一时间竟然波光潋滟,水汽蒸腾,俨然一片财富的'湖泊'了。"由此进一步想到,人类文明发展史其实也正是围绕着一张张赌桌展开的:

## 三本书主义

每个民族和国家都是围坐在这一张张赌桌四周的玩家,土地、人口以及各种各样名目繁多的财富是赌桌上常年流转不息的筹码,贪婪是赌桌上最难以平息和抑制的"汹涌暗潮",战争是赌桌上最容易"招之即来,挥之不去"的"腥风血雨"……

而今,当我步入"知天命"之年纪后,于"书本知识"和"自然和社会"两本"大书"之外,更感到还有另一本"大书"值得自己去认真阅读,那便是"自己的心灵"。长时期以来,我们总习惯了用自己的双眼去向外部的世界进行探索和研究,却忽略了对"自己的心灵"这样一个可能更广阔、更丰富、更深刻的内在世界进行内省、反思和阅读。一个仅仅醉心于外部世界的科技成果而不能经常"反躬自问"的人类,会是一个没有前途的也缺乏真实的幸福感受的人类。一个总是"随财波,逐物欲","人云我云",而不能时时事事仔细阅读"自己的心灵"的人生,必定也会是一个短视的、焦虑的、放纵的、"残疾"的人生。同样,一个家庭,一个企业,一个政党,一个民族,一个国家也是一样,对自己的文化传统,对自己走过的弯路,对自己曾经犯下的过错或罪孽,如果不能深刻检讨、反省和忏悔,也

## 论"三本书主义"

很难有一个光明和美好的前途。所以,我几十年来——虽然还远远做得不够,总是在不同的历史时期和阶段努力耳提面命自己读好"自己的心灵",以期能够抵制住权力的诱惑,金钱的腐蚀……

当然,"书本知识""自然和社会""自己的心灵",这三本大"书"并不是单独或孤立地存在着的,而是事相的"一体三面",是互相影响,互相渗透,互相促进着的"三位一体",必须给以整体的观照,融会贯通的理解,方能帮助我们对外在和内在的"大千世界"一并"了然于心"。读"自己的心灵",自然离不开前人或别人的"书本知识"的启发和"引路",更离不开"行万里路"的经验、探索和研究。而阅读"自己的心灵"的过程,更是检验我们对于自己所读的"书本知识"和"自然和社会"两本"大书",有否真正消化并加以吸收的最佳途径,同时还可以促进我们去更有的放矢地阅读更多的好"书",以便更快更好地打破、砸碎和超越知识和经验的智障,让我们的内在世界和外部世界水乳交融地连成一片,进而达至"天人合一"的至境。

三本书主义

行文至此,忽从一本介绍佛教教义的书中看到佛家有文字般若、实相般若、心灵般若一说,正好契合了我的"三本书主义"。

为此,我信仰并热烈地宣传"三本书主义",并愿以一生的努力去实践"三本书主义"!

原载《人民日报》2010年12月6日副刊

## 爆竹声中思宁静

春节年年过,但最能体现春节特色的大约莫若"放爆竹"了。

耳畔至今还回荡着那些或钝重或清脆的炸响,鼻际依旧还闻得到空气中到处飘散的或浓郁或细微的火药香,便是闭上眼睛,也还看得到缤纷的礼花在夜空中飞散,噼噼啪啪的响鞭在枝头跳跃,声东击西的"滚地雷"在草地上四处"流窜"……

也记得儿时常手捏着几枚白色的"摔炮",趁小伙伴不注

## 三本书主义

意时会冷不丁地朝地上猛劲一摔,一乍一惊,便觉有无限的欢乐在体内升腾。

然而,也许是年岁大了,童心不再,如今春节期间的"放爆竹"却似乎渐渐少了些童年的乐趣,而多了些许成年人的困惑和疑虑。

先不说住在上海这样的大城市里,每年除夕一入夜,便要重新上演一番"战上海"——先是零零星星的"枪声""炮声"此起彼伏,继而"曳光弹""闪光弹""礼花弹"群"弹"乱舞,待到午夜零时,"总攻"则正式开打,于是万"弹"齐发,万响齐鸣,地动楼摇,光影烁耀,恍如白昼;便是乡间,也像是突发了"地震",一时天光四溢,沉雷滚滚……

所以,这时若是有人想要休息,怕是很难安眠的了;而家中倘有老人罹患心脏病的,怕也必须倍加小心照料才是。

我上海家中前些年曾养了一只小狗,乳名"蹦蹦",那时它还不到一岁,初次过春节,见到家人和孩子们全聚到了楼顶的露台上,便也摇着小尾巴,蹦蹦跳跳地跑过去凑热闹,谁知甫挨近孩子们脚跟前,便见电光一闪,接着"砰"的一声巨响,骇

## 爆竹声中思宁静

得它屁滚尿流,箭一般射回屋里,情急中竟卡进塑料小方凳的底座里,半天爬不出来,从此落下个一紧张或激动就小便失禁的毛病。

央视大楼火灾,沈阳一家五星级酒店失火,据称也都与燃放烟花爆竹有关。当然,还有为数众多的生产者为此而丧命。前些年,我就曾在故乡亲见一家五口人因偷偷摸摸生产爆竹而引起爆炸,结果两层小楼被炸塌,两人伤残,三人死亡,一条血淋淋的腿被炸飞到近百公尺的河对岸,卡在树杈里。有人为此进行了统计,全国每年死于燃放爆竹烟花的几达千人。难怪许多网友直言:燃放烟花爆竹在现今中国已渐渐脱离了传统的轨道而发展成为陋习,并历数其三宗罪——"火灾、污染、致人伤残",要求禁放的呼声也一浪高过一浪。

中国历史上曾有过"楚王好细腰,宫人多饿死"的陋习,也有过"主上好金莲,民女多裹脚"的陋习。所以,我的确很怀疑:起源于唐初的鞭炮虽然最初是用来驱邪镇魔,后来渐渐用之于祝福和喜庆的,到了今天,会不会也异化为一种"集体发泄"式的陋习呢?

## 三本书主义

不过,作为"50后"的一员,因为曾经有过十分痛苦的挨饿的经验,所以,于今的我,对于燃放爆竹、烟火所引致的"三害",其实并不太以为意,更多的倒是觉得浪费。尤其一想到空中被无情地蹂躏和粉碎的都是些花花绿绿的钞票,不免就会有些心疼,如果再情不自禁地将那些钞票换算成一袋袋白花花的大米,甚或更多袋的"爆米花",那心就不仅是疼而且痛了。

小时候也曾看过一部好像是外国的影片,那里面有淘金的人在暴富后竟比赛烧钱,一张张百元的大钞点着后,红红的火光映衬着的是一张张黧黑的久经风霜的脸庞——那上面竟写满狂喜和满足。那时,我的直觉是这些人都疯了!

如今看来,那倒是我的蒙昧和无知了。君不见,就连"力拔山兮气盖世"的项羽,得天下后不也想着要"衣锦还乡",炫耀一番吗?而暴富后的人们"放爆竹"比之于"烧钱"其实倒是一种进步了,至少在"满足感"和"幸福感"之外还让黑漆漆的星空多了些"美感"。

故而,我渐渐地也就从星空烂漫的爆竹、礼花和礼炮的钝

### 爆竹声中思宁静

响中,除了"祝福"和"喜庆"之外还读出另外两个字,那便是——"炫耀"或曰"炫富"!而那一声声噼噼啪啪的爆竹的声响不外也就是在反复念诵着:"我有钱,我愿意烧,我乐意,我开心,怎么的,管得着吗?"

因为要炫耀,爆竹也就越做越大,花色品种也就越来越多,旋转的,烟雾的,吐珠的,喷花的,组合的……婚丧嫁娶要放,乔迁、开业要放,升学、考试要放,请财神要放,送财神要放,结婚要放,离婚也要放,开全运会要放,开亚运会要放,开奥运会要放,开世博会更要放;礼炮、礼花越放越多,越放越大,人民币也越烧越红火……最后,无论是国内还是国外的经济专家,即便他有天大的本事,似乎也难以弄清中国经济的蓬勃发展究竟是靠爆竹和烟花"祝福"出来的,还是只有继续靠烟花和爆竹在空中不断地"炒作"和"造势",中国的经济才有可能继续"红红火火"地发展下去。

我这些年很有机会走访了一些"发达国家",亲见了这些国家藏富于民的富裕程度,却从未见过有用这样的方式来炫富摆阔的。即便超级大国如美国者,燃放烟花和爆竹也只是

## 三本书主义

国庆和元旦才偶尔为之,而且场所多有限制。

其实,一种习俗、一种传统反映的常常是一个国家、一个民族或一个时代的个性和心态。一个处处谨慎、低调、不事张扬的社会和国度里,人们是不会想到要用"拼命"燃放烟花和爆竹这样的方式来为个人、家庭、企业、社会和国家的未来"祝福"的,更不会用来"炫富"。那里的富翁们,言谈举止一如常人,节日里很可能还会穿了一件破旧的衣服在后院里割草,当然,也有可能在教堂里祷告,或在星空下静思。

这样想,我从爆竹的身上忽然也就觉出许多的不足来。比如,那短短粗粗的"竹棍"身材,总不免让人想到是"身短皮厚腹中空";而满"肚子"炸药一点就着,只能说明其个性"冲动、任性","脾气"太"火爆";至于每次升天,动静弄得很大,声音很响亮,火光很炫目,似乎很有振聋发聩的效果,其实也只是装腔作势、卖弄炫耀而已,转瞬间便灰飞烟灭……于是乎,我也就实在想不出这样一个"浅薄、弱智"的"怪物",又怎么可能带给我们人类任何的"福音"了。

当然,节日之中,庆典之时,人们有节制地燃放一点爆竹、

### 爆竹声中思宁静

烟花,以期营造一些喜庆的气氛,表达一些祝福的意愿,本是无可厚非的事。但是,面对地上越堆越厚的纸屑,空中越聚越浓的硝烟,我还是熬不住要说:一天的烟花和爆竹实在烘托不出我们虚幻的繁华和富裕,也无法"祝福"出我们"江山永固"的锦绣前程,反倒容易将我们浮躁、自大和虚荣的内囊尽底里翻出来,投射在广阔的天幕上,供天下人哂笑。

有道是"雄辩是银,沉默是金"。古人又云:"宁静致远。"相信唯有谦卑的心态,低调的姿态,以及"和光同尘"的形态,才能最终带给我们人生、国家和民族真正的并且持之以恒的祝福。

因此,拜托,如果我们依旧还自信自己是一个智慧的且有着深厚文化底蕴的民族的话,不妨试着让我们明天的节日、庙会和庆典,天空中和大地上尽可能地少一些爆竹和烟花的喧嚣与夸奢,而多一份环境和心灵的和谐与宁静吧!

原载《人民日报》2011年2月23日副刊

## 杂议反省

一晃已是汶川大地震三周年。

曾几何时——地动山裂,雷鸣电闪;转瞬间天人永隔,回眸处断壁残垣;但举步尸横遍野,方行时峰聚谷散。砖墙若砧,人肉为饼;山体若皮,村镇如馅;顷刻间包得多少如蚁身家,便天公啖一口,也分不清人兽腥膻……

然令我更不能忘怀的却是,面对那样一场主要由自然力所导演的刻骨铭心的大悲剧,绝大多数中国人在经过巨大的震撼和冲击以后,所表现出的那种"无缘大爱"和"同体大悲"

## 杂议反省

的精神:"守财奴"开始捐钱了,曾经"唯利是图"的商人们徒步走进灾区,自掏腰包派发"救灾款"了,笃信"各人自扫门前雪"的"80后"甚或"90后"毅然携手奔向灾区做义工了……

是什么力量引导着他们这样去做的呢?他们这种行为的巨大反差又是如何产生的呢?我曾为此陷入长长的思索,后来终于明白,那原因和力量其实是来自反省——内心深刻的反省。电视上每天滚动着的残酷的灾情画卷,牵动了他们也许一直麻木的心灵,忽然醒悟到生命原来竟如此脆弱不堪,自然力原来竟如此恐怖莫测,而曾经耽于功名利禄中的许多想头原来竟如此荒唐可笑。"人之初,性本善",于是,久被尘垢掩埋的心灵忽然净化了,慈悲、博爱的天性也从长久的冬眠中苏醒过来,焕发出它伟大的人性的光芒。

反省或者说内省应该是人类的一项专利,也是人之所以能够区别于兽的一个最主要的特征。正因为人类能够反省,所以才能够进化,才能够探索,才能够成长,才能够发展,才能够终于由猿人的"卑微"出身而走进今天这样一个科技发达、文明昌隆的时代。所以,难怪上古的圣贤曾子曾极力提倡和

## 三本书主义

推崇"吾日三省吾身"了。

当今的西方人,尤以我所接触过的许多美国人而论,其实也是很懂得反省或内省的。我有几个朋友,其中有做律师和医生的,这样的职业无论在哪里,要想不"坑蒙拐骗"真的也很难。出于职业的需要,美国的律师要理直气壮地为客人"讲假话";囿于赚钱的本能,美国的医生也免不了会"小病大治","偶疾常治";更有甚者,为了区区蝇头小利,有时医生和律师还会结成"统一战线",来联手挖保险公司或者政府医保系统的墙脚……

那么,在这种欲望和公德的长期厮杀中,他们又是怎样一步步化解心灵的危机,避免进一步沉沦的呢?以我所知,他们中的多数人星期日常常去教堂,在那样一种肃穆和庄严的气氛中,努力忏悔和反省自己,获得自我拯救的力量。而对于大多数信仰基督教的美国人而言,"饭前祷告,入夜忏悔",则是每日的"必修课"。所以,我观美国社会的相对稳定,其实主要来自人心的相对"沉静",而这"沉静"则来自日复一日的内在的深刻反省。因此,尽管他们每天早上两眼一睁,也像上了发

## 杂议反省

条的机器一样,熬不住要生出许多发财、发大财、发横财的梦想,甚至还会染上一些"坑人""蒙人"的恶习,但由于有着这样一个千百年流传下来,并且未曾间断过的忏悔和反省的机制,他们许多人内心欲望的波澜常能有效控制在"浮躁"的警戒线之下。

反观当今中国社会,虽然经济发展、法制建设、民主政治都可圈可点,有目共睹,甚至可以说是处在历史最好的时期,但论及人心,又岂是"浮躁"二字了得?我们自然总是忙,要谈生意,要拿货;要开会,要上课;要洗脚,要按摩;要烧香,要拜佛;要唱卡拉OK,要陪情人去采购……然而,我们真的忙得连一天半小时的反省时间都没有了吗?要知道,不反省便无以检讨和总结工作和生活中的得失,不反省便无以纠正思想和观念上的误区,不反省便无以破除愚昧和无明,把握住人生和社会的大方向……

反省亦即"反躬自问",顾名思义也就是要"回过头","弯下腰"。既"回头",便能见"岸",所谓"回头是岸"是也;既"弯腰",便能"虚怀若谷,不耻下问",所谓"虚心使人进步"

## 三本书主义

然也。

　　而要学会反省,首先必须学会内观。何谓内观?也就是要学会"读自己"。古人云"读万卷书,行万里路"。其实"行万里路"还是读书,不过是读自然和社会这本大书罢了。然而,对于一个人,一个家庭,一个部落,一个企业,一个民族,更要紧的似乎还是要读懂"自己",做个"明白人"。要尽可能明了自己的"宿世因缘",知道自己的来处和去处,懂得什么样的"因缘"曾经造就和成就了自己,什么样的"际遇"又可能"唱衰"和毁灭自己……还得弄清楚自己在自然界的位置,究竟是啁啾的小鸟,还是展翅的大鹏?是花,是草,是藤,是荆棘,还是参天的大树?是懦夫还是勇士?是当员工胚子还是做老板的料?是领袖级的人才,还是普通一兵……如此,才有可能"嫁对郎,入对行",最迅速、最准确地寻到最适合自己的"成才法则",握住自己的"得救之道"。

　　说反省,断离不开时间和处所。然"时无定时""所无定所",只要"心到意至",时间上并不一定非要整块整块的时间,空间上也并不一定非要进"佛堂"或"精舍",或者非得"寡

## 杂议反省

居"或"独处"才行。但"静思"或"静虑"大概还是必要的。苏轼曾说:"静故了群动,空故纳万境。"可见身心一如一杯水,唯有彻底静下来了,尘垢才会一点点沉下去,水的透明度才会一点点高起来,人的内在的智慧也才会一点点呈现出它清明、透彻、圆润的光泽。

所以,愿天下不甘在烦恼和无明的海洋中久久沉溺的人们,打起你的精神,鼓起你的勇气,将去歌厅唱歌的时间腾出一点来,将去酒吧喝酒的时间腾出一点来,将算计对手的时间腾出一点来,将嫉妒别人的时间腾出一点来,将溜须拍马、挑拨离间、坑蒙拐骗的心思全部反转过来,反省,反省,再反省吧。

当然,作为反省的结果,务必还得落实在今后的行动中。"实践是检验真理的唯一标准",没有经过反省的行动会是盲目的,没有落实到行动中去的反省则又是"水中月"和"镜中花"。都说"知行合一"才是真正的智者,故"行"离不开"反省",且又能促进"反省",检验"反省"。"行"既是"反省"的"果",又是"反省"的"因",反之亦然。更重要的是,一人之

## 三本书主义

"行",一家之"行",一国之"行",可以深刻地影响到周边的人文环境,即如一张苦脸和笑脸,既可以是污染周遭环境的来源,也可以成为"净化"周遭空气的"清洁剂"。

故即便"微行",只要真正"发乎于心",体现出的也是一种"自觉觉他"的人道主义精神,"同体大悲"的"地球村"公民意识。人类一切伟大的发明和创造,人类文化和文明的全部承载、承继,无不源于人类集体反省和集体反省后的一次又一次、一代又一代的反复实践。鲁迅先生曾语重心长地说:"我虽然时常解剖别人,但更多的还是更无情地解剖我自己。"相信一个不能反省或在反省后无所事事的人生,是不会有幸福感的;一个不能反省或在反省后不能采取行动的企业,是不可能成长壮大的;一个不能反省或在反省后不能付诸实践的国家和民族,是不会有光明的前途的。

所以,还是让我们一起来反省吧。政治家们来反省,企业家们来反省,精英们来反省,大众来反省……在静夜思,在河边行,在林中想,在草地坐,让反省蔚成一股从上至下的良好风气,渗透进我们民族的血液,进化成我们民族赖以生存,并

杂议反省

得以"自立于世界民族之林"的基因,同时也让我们每个人清晨醒来,走在马路上,坐在办公室里,至少都有一个"和颜悦色"的脸孔,一样畅快幸福的心情吧。

2011年7月28日改定于美国洛杉矶

## 论"回头"

人生在世,谁都有过"回头"的经验。

走夜路时警觉地回回头,可以防止"遇鬼"或者"遇匪";开车换道时回回头,可以更清晰地了解自己的座驾在乱哄哄的"人流"和"车流"中的位置,避免"碰瓷"或"亲吻";作秘密工作的人,更得经常回回头,看看身后是否有"眼线"或"尾巴"……

然而,大自然中还有着另一些很容易被我们忽略的"回头"景象。比如:一个人早上出门了,晚上大约总得回家;航海

## 论"回头"

家们朝着一个方向不停地航行,却回到了原来的出发点;一粒玉米种子脱胎换骨,摇身一变为一株嫩绿的玉米苗,然后又还原为结结实实的玉米籽儿和玉米棒子;一棵苹果树,努力吸取大地的营养,终至于硕果累累,而其果实经过动物或人类五脏六腑的消化,重又变成肥料再去滋养苹果树;春天经历了夏日的酷热,秋风的萧瑟,冬雪的冷冽,又回到了春天……都可以看做是"回头"。而野草一岁一枯荣,太阳一日一升沉,就其因缘变化的轨迹来看,说其是在不断地"回头",大概也不为过。

其实,一部人类史也是一部不折不扣地不断"回头"的历史。从偶像的崇拜到神灵的信仰是回头,从神灵的信仰到科学的思辨是回头,再从科学的思辨到"拜物主义"也是回头。一个王朝从兴起、兴盛、危机、中兴、苟延残喘到覆灭;一种政策法令从初始的强力推行和稳步实施,到后来的一步步改弦易辙,最终又彻底废除;一种暴政,一个暴君,历史上曾为千夫所指,万人唾弃,似乎已成了板上钉钉的铁案,十百年后却又有人为其张目和翻案;国家间因连绵不断的战争所引致的领土和版图的不断扩大或缩小;家族间因世仇所引致的一代又

三本书主义

一代人的"冤冤相报",以及在权力舞台上"你方唱罢我登场,反认他乡是故乡"的悲喜剧等等,从本质上来看,也是在不断地"回头"。社会的财富之水一会儿在"人道"的"滚雪球效应"下高度集中到少数人的财富之窖,一会儿又在"天道"的"水往低处流"的作用下,通过暴力或非暴力的手段流向多数人的财富之碗和财富之缸……如此循环往复,以至无穷,也是一种回头。至于房市会掉头,股市会"探底",计划经济无一不向市场经济过渡,市场经济鲜有不向计划经济靠拢,经济过热时需要降温,经济发展失衡时需要调控……其轨迹不外乎"回头"的轨迹,其措施也不外乎"回头"的措施。

古人大概看到或悟到了"回头"在历史和现实生活中的这种客观性和必然性,故而在认识和改造自然与社会的过程中,十分强调"物极必反"、"温故而知新"、慎终追远、"退一步海阔天空",等等。

因此,从哲学的层面来看,作为对客体世界的一种认识,"回头"现象其实反映了宇宙间一切事物发展的根本规律——即一切事物的发生、发展和消亡都会经历"成(诞生)、住(成

## 论"回头"

长)、坏(衰老)、空(消亡)"这样几个阶段,最终走向自己的反面。列宁指出:"发展似乎是在重复以往的阶段,但它是以另一种方式重复,是在更高的基础上重复。"这里所说的重复,其实就是"回头",而且是一种螺旋形地不断上升,同时又不断下降的"回头"。

从这个意义上,历史也是一根根圆圆的呼啦圈样的绳索,这绳索串起一串串在大地上生长着的无穷无尽的"回头"的因果,又串起一串串在社会生活中不断发生和演变着的无穷无尽的"回头"的事件,好似一串串的圆圆的而又互相关联和纠缠着的铜钱。然而,它自身又被另一根更大更粗的绳索串起——就像四季被一个个年轮串起,年轮又被一个个甲子串起一样……

作为一种思维特征,区别于西方人的"前瞻",我们中国人、中国人的文化其实是更喜欢"回头"的。尽管历史长河中曾经不乏许多病态的"回头",比如喜爱"厚古薄今"等等,但近代比较理性和智慧的"回头",也还俯拾皆是。

2011年5月18日,20名诺贝尔奖获得者曾向联合国的

三本书主义

一个特别委员会递交一份《斯德哥尔摩备忘录》,声称:"地球已经进入一个新的地质年代,即'人类世'。在这个时代,地球身上发生的最重要的变化不是由自然现象引发,而是由人类行为造成的。"简言之,就是"拜金主义"滥觞,"物欲"横流,使得地球不复以前生态平衡的地球,人类精神也不复曾有过的知足常乐的心态。为此,有人在美国《纽约时报》上载文,忧心忡忡地质问:"地球能支撑三个美国吗?"作者因此建议各国政府要鼓励大众"进行有节制的消费",并大力"开启新的工业革命"。

"开启新的工业革命"自然是一种十分美好的愿望,但作者在这里却忽略或忘却了地球之所以会变成今天这样一个满目疮痍的面貌,完全是拜人类历次"工业革命"之所赐。"新的工业革命"肯定会解决一些问题,比如可以帮助"节能"和"减排",但决不可能从根本上解决诸如"能源危机""气候变暖"的问题。"工业革命"留给我们的最惨痛的经验和教训便是:它可能会解决一些问题,但会带来更多的问题;它会解决一些迫在眉睫的暂时的问题,却会带来某种目前还不容易让

## 论"回头"

人觉察,将来却会贻患无穷的长久的问题。

人们常说"不见棺材不落泪,不撞南墙不回头"。

仔细检讨我国自改革开放以来的得失、成败,固然经济的高速发展,财富的空前积累,已经帮助那个曾经一穷二白的中华民族过上了基本上不愁吃、不愁穿的"小康"日子,但也付出了巨大的代价:蓝天不见了,草原沙漠化了,资源枯竭了,江河湖泊污染了,空气不再洁净了……与之相应的,你还会发现人心也被污染:贪官污吏增多了,"雷锋叔叔"减少了;坑蒙拐骗增多了,见义勇为减少了。以至于瘤子,一个个奇形怪状的瘤子,正在我们这个时代和社会的肌体上,在许多人的心田里疯长。它们不是别的,就是贪婪。因为贪婪,我们变得浮躁、焦虑、短视,视道德伦理于浮云;因为贪婪,我们变得爱财如命,为聚敛财富,不择手段,尔虞我诈,坑蒙拐骗,以至于夫妻反目,朋友成仇;因为贪婪,家有遗产之夺,路有暴力之抢,市有奸商之骗……

我们怎么了?人类怎么了?难道这就是我们"现代人"所需要的生活吗?难道我们还不应该大声疾呼:"从这一切回

### 三本书主义

头"吗?

因此,我们说"回头",对当代人和当代社会而言,最主要的也就是要从对物质财富的贪婪、执着和索取无度上回头;从奢华、奢侈、挥霍、铺张上回头;从急功近利、盲目、短视回头;从一味地向对外部世界探索而不重视内求回头……古往今来,多少王朝,多少统治集团,曾在横征暴敛、巧取豪夺的路上不回头,多少当政者、为官者曾在受贿、行贿、鱼肉百姓的路上不回头,多少商贾小人曾在弄虚作假、坑蒙拐骗的路上不回头,最后能有善终的吗?

当然,为了保障和推动这一切"回头",我们还必须从对旧有体制的迷思中回头。改革开放虽然三十多年过去了,但毋庸讳言,我们在许多领域内改革仍然举步维艰。

回头又必须是"集体回头"。"全球化"和"科学技术"的日新月异,已经将各国的政治、经济和形形色色的消费文化越来越紧密地联系在一起,一荣俱荣,一损俱损。我们今天所津津乐道的许多发展成果,引以为傲的许多"进步"和"繁荣"的业绩,明天很可能就会被作为我们这一代人所犯下的罪行而

论"回头"

遭到我们子孙后代的批判和清算。所以,单一的个人、家庭、企业,乃至民族和国家的"回头",虽然可以解决一些迫切需要解决的问题,避开一些迫在眉睫的灾难,却已不能从根本上解决人类生存所面临的巨大危机。

人类长时间向外部世界探索,离自己的内心已越来越遥远。所以,要从"物质贪欲""集体回头",就不能不向以"内求"为其主要特征的传统精神、文化理念靠拢和回归。在这一点上,中华传统文化有着特别丰富的内涵和意蕴,例如贯穿《易经》的"剥久必复""否极泰来",儒家的"天人合一""中庸之道",道家的"清心寡欲""为学日渐,为道日损,损而又损,以至于无为",佛家的"看破放下清净自在,慈悲忍辱平等正觉"等等,都可以帮助我们从"内求"着手,迅速、快捷地走上"集体回头"的康庄大道。也许,人类历史上,我们曾经错失与西方携手共同发动和引领"文艺复兴"的机遇,那么,今天我们正可以以我们的传统文化为根基,首倡"合天道、衡人欲",担当起 21 世纪引领全人类走向"传统复兴"的领头羊的责任。

"手把青秧插满田,低头便见水中天。身心清净方为道,

## 三本书主义

退步原来是向前。"要达至"回头",首先必须"看破"。世人都晓"无欲"好,唯有"贪财"忘不了,殊不知"财富如水",既能"滚雪球",也会"蒸发",既能向上"堆",更会向下"流",既能"藏污纳垢",又会"以柔克刚",而"水能载舟,亦能覆舟"。其次必须"放下"。放下"房市",放下"股市",放下"金钱至上",放下"利润挂帅",放下"急功近利",放下"巧取豪夺",放下一切假话、大话和空话,放下一切盲目和执着……

"回头",虽然是一个简单得不能再简单的动作,却是一个可靠得不能再可靠的智慧。频频回头,决心回头,任何时候都会快捷、稳妥、安全地下船登"岸",走在回"家"的路上。当然,"回头"主要是对当下不当目标追求的一种否定和调整。有时,一个个小小的回头可能正是大踏步地往前走;有时,一个个大踏步地往前走却又是"回头";有时,无数的小回头正在酝酿着一次大回头;有时,时空关系变化了,因缘成熟了,人们还必须从"回头"再"回头"。

上天有好生之德。一切能够帮助人类生存得更久远一些,更幸福一些,更和谐一些的"回头"举措都是我们必须加以

论"回头"

认真研究,并努力贯彻落实的。而只要我们一代又一代人不知疲倦地坚持并努力着,相信有一天我们"蓦然回首",便会发现——那我们曾经苦苦求索而遍寻不着的"大道",就在"灯火阑珊处"!

原载《人民日报》2011年8月10日副刊

## 浅议"大师"与文化

——从史中兴的新著《才子》说开去

《庄子·齐物论》篇中曾说:"大知闲闲,小知间间;大言炎炎,小言詹詹。其寐也魂交,其觉也形开……"大意是"大知太过宽泛,小知又很琐碎,大话'盛气凌人',碎语'喋喋不休',睡时'神魂交错',醒时'四肢不宁'……"读了总觉得是在描述当下的世态民情,尤其是议论文化和文化人的。

于是想到新近所读到的史中兴先生的新作《才子》,内中主人公卜晓得教授穿行于妻子、情人、师友、权贵之间,如鱼得

## 浅议"大师"与文化

水,而一场所谓的"大师赛",竟将他推到"天下无人不识君"的峰巅。然而,为了这顶"大师赛"的桂冠,卜晓得毕竟劳心劳力,处心积虑,机关算尽,耗费了许多心神,最后却落了个"妻离'妾'去,独守空房,孤芳自赏"的境地。

大师原本是一种独到的文化和思想内涵的界定,但正如"快餐"已然成为我们生活中的一种时尚一样,在一个"大师"辈出的时代里,"大师"们所体现的文化不仅越来越具备了"快餐"的特点,就是"大师"们自身,也越来越成了时尚文化和娱乐文化酒桌上的一道道"佳肴美味"。

那么,身处一个越来越"急功近利""浮华虚荣"的时代,我们身边究竟还有没有大师?如果有,是否又确实如"雨后春笋"般不断涌现,甚至还不得不令我们去费心选出其中的"大师冠军"呢?

其实,要弄清楚这些,可以有两个简单的判定方法。

其一,是看我们的文化土壤。如果这片土壤本来就很贫瘠,同时又不幸被倒了许多"建筑"或"电子"垃圾,甚至还被"矿渣"或"毒水"污染过,相信这片土壤上是很难生长出丰收

### 三本书主义

的"庄稼"并结出丰硕的"文化成果"——"大师"的,即便有,也可能是"凤毛麟角"。

其二,所有自称的"大师",被当作"明星"一样追捧和崇拜的"大师",多半也是些"媚俗"的"大师"。因为真正的大师通常都有其精神和文化上特立独行的性格特征,是不肯也绝不会和世俗浮躁的文化、沉沦的精神同流合污的。鲁迅先生的"横眉冷对千夫指,俯首甘为孺子牛",庄子的"我宁游戏污渎之中自快,无为有国者所羁",孔子的"道不行,乘桴浮于海"反映的就是这样一种真正的大师的品格。

当然,我们也不能否认,当今中国许多通过几本书或几次演讲就被众多"粉丝"追捧,或者人为精心炒作而成的"大师"们,多少还是有些文化底蕴的。他们中有些人,在对某段历史和某本书、某个人的研究和阐释上,甚至还很有一些自己独到的心得和体悟。但不甘寂寞,将出镜率、见报率看得和生命一样重要,而且不失时机地将学术和"官、商"勾结,以此捞名,捞钱,捞房,捞股票……却也将他们的精神永远限制在真正的大师门外,而无可挽回地堕入"伪大师"或所谓"学术明星"的

## 浅议"大师"与文化

一群。

卜晓得应该就是这样一个伪"大师赛冠军"了。

这一点,书中一位商界大亨范开渠和他手下一位叫小单的一段对话,已经说得很明白了。

  单:"这个卜(晓得)教授也很有名,是丘陵还是大山?"

  范:"一座假山吧。"

  单:"董事长,您赞助大师赛,是不是想推出几个像过昆仑一样的大师?"

  范:"推出几座假山还差不多,大山是自生的,假山可以堆可以垒……"

这里,也就道出了一个天机——就是在我们这个似乎"无所不能"的"商业化"时代里,原来"大师"也是可以通过"财团"或"商界精英"们的"银子"造假山一样"再造"出来的。

但既然是用银子造出来的"伪大师"——就像用金粉涂抹过的金光灿灿的泥塑菩萨一样——就一定还要不断地用银子(或金粉)来维护。而精于利益算计的"商界精英"们,也一定

## 三本书主义

不会作赔本的买卖。于是,反观现实,我们可以看到:所有通过炒作而诞生的伪"大师"们,后来无一不成了企业或产品的代言人,有些据此还不仅获得了企业的"赠房"或"赠车",甚至还持有了企业上市的原始股票,终于"学界"与"商界"、"大师"与"大亨"形成了一个"利益共同体",以至于一荣俱荣,一损俱损……

可是,这样的"大师"如"雨后春笋"一样冒出来,于国、于家,于民,于文化,于时代精神,与社会道德伦理……到底是幸还是不幸呢?

从来的文化,就本质而言,大致也就三种。一种是属于"生存技能"的文化,一种是属于"生存智慧"的文化,一种属于"娱乐享受"的文化。

我们的教育,我们的学校,如今所做的基本上都是"生存技能"文化的普及和提高,学生们到学校来读书的一个最直接的目的,就是为了将来毕业后可以找到一份赖以生存的"好工作"。

我们电视的"娱乐频道",我们报纸的"娱乐版面",我们

## 浅议"大师"与文化

神州大地上"灿若群星"的"洗脚店""夜总会""卡拉OK""按摩院"等,所做的基本上也都是"娱乐享受"文化的传承和发扬。

那么,作为"生存智慧"的文化,除了报纸的官样文章,电视、电台的偶尔插播外,又有一些什么样的组织和个人在推动呢?如果我们不再"瞒和骗"的话,应该承认那些"绿色和平组织""保护野生动物委员会""传统文化论坛"等可能是最积极的践行者。而如果我们再细加观察,又可发现:那些组织的核心成员多半会是基督教徒、佛教徒或一些充满了爱心的社会人士。

于是,这就出现了一种很怪诞的现象:在有越来越多的"专业人士"关注"生存技能"和"娱乐享受"文化的普及时,"生存智慧"文化的传播却越来越带有"业余"的性质了。而且,这已经不是一国,或者一个民族才有的现象,而成了人类整体精神的一种司空见惯的景观。

这也难怪,如果不是这样,怎么会有地球资源的日渐匮乏,气候的变暖,海平面的升高,假药、假酒、毒奶粉、地沟油等

三本书主义

的丧心病狂呢？

故而，只有"生存技能"和"娱乐享受"文化的滥觞，而没有"生存智慧"的文化作为铺垫，人生或人类是很难看清自己的方向的，同时还会因为的自己的"短视"和"急功近利"而引致无可挽回的"短命"。

同样，如果我们的文化总还只是在"生存技能"和"娱乐享受"中打转转，而不对于"生存智慧"投以更多的注意力，那么，相信我们这块土地上充其量也只能永远生长出些"大匠""大亨""大腕"什么的，而想要"大师"辈出，这念头本身就不靠谱。

庄子曾有一句名言："大道不称，大辩不言"。相信他老人家如果还能活到今天，看到或听到我们今天的"大师赛"，大约也还会说——"大师不争"吧。

感谢史中兴先生的《才子》，它激发了我有关"大师"和文化这样一些也许不合时宜的感想！

2012年元月二日记于上海

## 孤儿缘

曾经在上海生活了那么多年,却是最近参加上海市侨办组织的"品味上海"笔会活动,才知道徐家汇南面的肇嘉浜沿岸,曾有一处地名叫作"土山湾"。土山湾的土是疏浚河道时挖出来的,堆得多了,便成了山。1864年,天主教会将土山湾的"山""削平",在上面建造起规模巨大、设施堪称齐全的"土山湾孤儿院",迄今已有一百四十余年的历史。堆土成"山"本就足以令人叹为观止了,然而,"披着宗教外衣"的"帝国主义分子"却能在那个时代就关注中国"孤儿"的命运,却也是我

### 三本书主义

始料所不及的。尤其我在那些孤儿的佼佼者的名单中发现了"张充仁"先生的大名后,更是感慨万千。

我从复旦大学中文系毕业分配到《文汇报》文艺部当记者后,有几年主要是跑文学界和美术界,因此经常去上海油画雕塑院,很见过张充仁先生几回的。记忆中的张先生个头不高,背稍许还有些驼,很沉静,也很低调的一个人。那时的雕塑界就有"南张北刘"(刘开渠)之说,我也曾在上海的国际饭店顶层采访过刘先生,相比之下,更觉得张充仁的言谈举止几近于有些木讷了。张先生的雕塑基本上都是写实的,很见功力,但不属于现代雕塑的主流,所以那时他在国内长期处于"边缘"的位置。我是后来随着年岁的增长,才从先生的著名雕塑《德彪西》《密特朗》《邓小平》《聂耳》等中领略到他艺术的厚重、饱满和张力的。

然而,严格地讲,张充仁先生并不是孤儿。他四岁丧母,父亲便将他送进了"土山湾孤儿院"——那是他生命和艺术的另一个摇篮。

我有一个音乐家朋友,曾经是我国第一个留美音乐博士,

## 孤儿缘

相较于张充仁先生,她倒是一个"货真价实"的孤儿——"文革"刚开始时,身为高级知识分子的父母不堪凌辱,双双上吊自杀。那时她才六岁。可惜,偌大的国家,竟没有一个"孤儿院"可以收留她,以至于她只能"投亲靠友"……

而我的父亲,似乎的确也是一个"孤儿"。"文革"中"忆苦思甜"的时候,我常看到他拿出那件印有"某某育婴堂"字样小布褂,控诉"万恶的旧社会"。我于今方才明白,那个"育婴堂"肯定也是一个宗教慈善组织所开办,没有那里的收留,不仅我父亲的生命难以为继,只怕也没了我和我今天的文字的存在了。

大约因了这层缘故,我在2010年完成了《财富如水》一书的创作后,也参加了中国儿童保险专项基金的一些活动,并成为他们中的一员,帮助孤儿建立重大疾病保险。

但我是在来到了"土山湾"后,串起来一想,才发觉自己原来是很有些孤儿缘的。也知道,这世界上虽然有战争,有掠夺,有意识形态的对抗和竞争,毕竟还有"普世价值",例如,"慈悲"和"博爱"等。而上海,这座越来越现代化的大都市,

三本书主义

在我的眼里，也因为有了"土山湾孤儿院"这样的历史，愈发显得厚重和文明起来。

2011年9月16日记于上海，收入《品味》(花城出版社2014年10月第一版)

## "东方明珠"随想

东方明珠电视塔从落成到如今一共只上去过两次。前一次是陪朋友,这一次是参加上海市侨办举办的"品味上海"笔会活动。

夜幕徐徐降临后,坐在旋转餐厅里,一边尽情地享受着美味佳肴,一边悠然地欣赏着浦江两岸朦胧的夜色,虽不能说是心旷神怡,毕竟也有些感慨万千。

然而,我的思绪更多地还是定格在1982年一个炎夏的傍晚。那时,我到《文汇报》文艺部做记者已近半年了。报社的

## 三本书主义

社址在圆明园路 149 号,我的办公室在六楼一间狭小的房间里,既可办公,亦支了一张床,可以休息。此办公室是文艺部领导特别调配给我的,因为那时妻弟要结婚,需要我腾出房间做婚房,于是我的部分家具(包括大橱)只能搬到文艺部办公室临时存放。酷暑难耐,小房间无窗,也就格外闷热,于是,隔壁的徐启华先生相约我去食堂买了一只西瓜,然后两人一起攀爬到六楼楼顶,在那里一边啃吃西瓜,一边海阔天空地神聊。而渐渐地,我们的视线都不约而同地投放到了似乎近在咫尺的浦江对岸——比较起外滩"万国博物馆"群楼的壮观和秀丽,那里几乎可以称得上是荒芜一片……

"如果能够在浦东新建一个外滩,而且比老外滩还要气派和漂亮,那才真正体现得出社会主义制度的优越性呢。"当时,关于"姓社"还是"姓资"讨论很热烈,我于是满怀憧憬地这样说。

"是啊,那会比什么争论都更具有说服力。"徐启华也很赞同我的观点。

没想到,不到八年后,浦东开发就热火朝天地展开了。那

## "东方明珠"随想

些年,我虽然身在异国他乡,但每年差不多都要回国一至两次,亲眼见证了上海城市发展(尤其是浦东开发)"一年一个样,三年大变样"的奇迹。

所以,等我再回到美国,在纽约街头徜徉,在帝国大厦顶层俯瞰曼哈顿全貌时,竟觉得纽约到处旧旧的、灰灰的,又因"911"而失却了楼层最高的"双子塔",竟很有一些"破落户"的景象了。而我们,20世纪青年人的"无房"之苦毕竟已经远离现实生活,谈恋爱也有了许多更美好的去处,而与此同时,一幢又一幢的高楼大厦还在不断拔地而起,将上海这个"东方明珠"打扮得更加俏丽……

然而,今天我身处这举世闻名的"东方明珠电视塔",极目远望,心情虽然依旧骄傲,却也有些无端的忧虑——

因为我正见到越来越多的与这座美丽的城市不相适应的许多文化和道德的负面元素——比如浮躁、虚荣、急功近利、官本位等——在空中飞扬;也见到因为财富的分配不均,正将这个城市的人群向两个截然不同的方向一点点撕扯;当然,我还看到许多戴着假面的游魂依然在这个城市里日复一日地干

三本书主义

着些"瞒"和"骗"的勾当……

所以,我想,也许是不合时宜地想:

——一个城市的魅力和底蕴并不完全依赖于地面矗立起多少高楼大厦,更重要的还在于这个城市是否还在精心打造一座座文明和道德的精神文化大厦,并与之相互辉映……

可是,上海——乃至中国,你都认识到这点并做好准备了吗?

2011年10月8日记于上海,收入《品味》(花城出版社2014年10月第一版)

# 财富是一面镜子

## ——《财富如水》(韩文版)序言

《财富如水》就要出韩文版了,这让我回想起这本书的缘起,以及我在美国洛杉矶扑克牌赌场发牌的那些日子。那时,我一方面以发牌谋生,另一方面出于一种写作者的职业习惯,也在赌桌上研究和体会人生,可以说阅人、阅牌、阅筹码无数。时间长了,就有一种错觉,觉得赌桌上那一枚枚筹码就是一滴滴的水,一摞摞筹码就是一汪汪的水,一张张牌桌就是一池池的水……至于所"阅"的人,自然也少不了韩裔。他们或者是

## 三本书主义

我亲爱的同事,或者是我赌桌上的玩家,或者当班时是我的同事,工作服一脱,却又成了我赌桌上的客人。就是我本人,身份也很值得玩味,——有时是赌场的员工,有时是赌场的"捐款人",有时又是赌场的看客……

我眼中的韩裔与华裔,在很多方面其实是很相像的:除了让白人很难分辨的一样的亚洲面孔外,大家还都"赌性十足"。商场上、职场上圆不了的"发财梦",他们不约而同地都想到这里来碰一碰运气,试一试身手。然而,人的贪婪的天性却总是引导着差不多每一个来赌场赌博的人,不输尽身上的每一个硬币便绝不会离场。所以,我也看惯了夜幕中从赌场走出来的一个个晃晃悠悠的"墓地"的游魂,清晨从赌桌上站起身的一个个垂头丧气的菜色的面孔。

赌场发牌员的收入主要靠小费,因此,我们也常常将那些在赌桌上小费给得比较多的人当成自己的"恩客"。我是在这种时候,一步步建立起自己对韩裔的良好印象的。因为说实在的——尽管没有做过统计——我发现韩裔给起小费来要比白人、黑人、中东人,当然还有日裔、华裔慷慨、大方和豪爽得

### 财富是一面镜子

多了。只是输了钱脾气也大得很,常常会控制不住要朝发牌员摔牌,有时还会长时间拿眼瞪你,嘴里不住地念念有词:"西部龙,西部龙……"

然而,我还是很喜欢这些流着韩国血液的"汉子"或"美女",便是今天回想起他们曾送给我的那一份份"银子",那些在赌桌上的小费,以及每一个善意的微笑,心里也自有一份浓浓的温情在。这倒不仅仅是因为他们曾是我的"衣食父母",还因了他们那种率真的性情很对我的胃口。说真的,我很讨厌也害怕人与人之间总在"肚皮里用工夫",或者"明是一把火,暗是一把刀"。当然,我更感谢他们有意无意间帮助我完成了这本小书《财富如水》的创作。世间没有一样事情不是众缘成就的。只要回想起赌场生活,所有那些男男女女——其中不乏韩裔——的影子,就常常会活跃在我的心头,并一齐向我大声喊出:"财富如水!"

说实话,我对韩国以及韩国的文化过去知之甚少,除了偶尔会看一点韩剧外,印象最深的也就是"整容"了。我知道,整容业虽然方兴未艾,但也并不是什么人都完全认同的。比如,

## 三本书主义

中国传统文化中,就一直有"清水出芙蓉,天然去雕饰"的价值取向。但生在今天的时代,走在洛杉矶的韩国城,走在中国的上海或北京,走在首尔的街头,你已不能不承认,因了"整容",大街上的"美女"多了,银幕上的面孔也越来越漂亮和帅气了,以至于从中国组团去韩国"整容",也越来越成了一项极其有利可图的产业。

可是,我有时不免又会想,就靠"整容",能把人类的精神面貌也整得和面容一样漂亮吗?于是突发奇想:聪明的韩国人和韩国文化,没准哪一天又会给世界一个惊喜,重新打造出一种完全崭新的"整容文化"呢。那时,"整容"的主要内容已不再是通过贴膜、打针、矫正鼻子和下巴,割双眼皮来美化人们的面容,而是通过智慧的手术刀,来切除人们精神躯体上的赘肉,释放已被物欲挤压得濒于窒息的灵魂,让心灵的面孔变得越来越美丽和健康。

也许是为了呼应我这样一个很不切实际的愿望,有一天我在上海家中看电视时忽然看到一则有关"江南 Style"的报道,而我在上海复旦大学新闻学院读书的女儿后来也写了一

### 财富是一面镜子

篇论文,题目就是《论"江南 Style"为什么会在网络爆红》。

女儿在论文中振振有词地说:"'江南 Style'表面上是搞笑的,骨子里却对浮华现实怀着一种深刻的批判态度。它将'江南人'追逐财富时所表现出的种种虚荣和浮躁,用艺术的手法夸张地表现出来,让人们在笑声中反省并沉思……"我听了,很以为然,甚至觉得这是韩国人利用艺术达成"心灵整容"的一个有益的尝试。再加上凑巧这样的想法与本书好像息息相通。

在首尔江南地区发生着的许多事情,也在中国和世界的许多其他的地方或多或少地发生着。骄奢、淫侈、虚荣、浮躁、暴发户、破产者、财富的无序积累与不公平分配……已经不仅弄得自然界满目疮痍,也让人们的身心遍体鳞伤。故当此《财富如水》韩文版就要在韩国问世之际,我期待着引起韩国读者的共鸣。所以,借助于当地出版社的介绍,我的这本《财富如水》得以在韩国翻译出版,我也把它看作是为韩国未来"心灵整容"业的崛起添砖加瓦。

财富如水,会蒸发,会冻结,会"滚雪球",会"以柔克刚",

三本书主义

会"藏污纳垢",会往低处流,而"水能载舟,亦能覆舟"……财富也是一面镜子,不仅可以照出人性的"真善美"和"假恶丑",也可以照出一个人、一个民族、一个国家的未来和过去。中国和韩国都是伟大的国家,中华民族和韩国民族也都是有着悠久而灿烂的文化的民族,在如何认识和对待财富的问题上,一直有着比较相近的价值观,相信在人类社会快速发展的今天,我们两国人民一定会逐步找到一条适合自己国情的"合天道、衡人欲"的发展道路。

故当此《财富如水》韩文版就要在韩国问世之际,此外,我也要真诚地感谢此书的翻译者李有镇教授。是她的发心和努力,才让我和韩国读者终于结缘。我和她是去年春天,我到延世大学作"放手如来,回头是岸"的演讲时认识的。记得在和听众互动的环节中,我曾问了一个问题:"为了拯救越来越物质化的世界,我们需要抛弃什么?"当时,教室里一片沉寂。后来,是李有镇教授回答我:"执着。"是的,对财富的执着和贪婪已经成为我们这个时代的一道新伤痕。于是,我将李有镇教授视为"知音",并以《财富如水》一书相赠。

财富是一面镜子

此外,我还要真诚地感谢成均馆大学中文系的李安东教授,梨花女子大学的毛海燕教授,延世大学的金铉哲教授,没有他们的绍介和安排,我肯定是不会去延世大学演讲的,而如果我没去延世大学演讲,肯定也就不会与李有镇教授相遇并相知,那么,我这本薄薄的小书大概也就会和韩国读者失之交臂了。

原载《人民日报》2013年9月24日24版

## 香山忆德华

　　香山脚下的"北京植物园",我还是第一次涉足。
　　是一个周日晴和的天气,我和德华沿着溪畔的坡道拾步而上。初夏的时分,山岭呈黛,溪流淙淙,环境清幽,步移景转,有一些做得可以以假乱真的"竹栏杆"曾一度吸引了我的注意力,忍不住时不时停下脚步,伸出手去加以抚摸。
　　德华走在我前面,偶然回转过身来,见状,就对我朗声笑道:"假的,都是些假玩意儿。"
　　"嗨,就是假的,能做到这分上,也不容易啊。"我说。

## 香山忆德华

于是,我们的话题渐渐地就转移到了人文领域,少不了又要对崇尚"假、大、空"的时政和人心浮躁、物欲横流的社会现象大发一些议论和感慨。

我和德华同学四载,但说实在话,我们之间比较频繁的交流还是在1997年以后。那时,我的第一部描写留学生生活的小说《细节》在作家出版社出书,德华是我的责任编辑。

读书期间,德华留给我的最主要的印象是个头高,皮肤白,嗓门响。那时,他在班上充当一个类似劳动或体育委员的角色,常常可以看到他在宿舍内外满头大汗地带头搞卫生的身影。当然,他留给我印象最深的还是毕业典礼过后,同学们在一种离愁别绪中各奔东西时,他和其他几个同学踩着一辆破旧的三轮车,载着花花绿绿的行李,挥汗如雨地往返于火车站与宿舍之间为外地同学送别的情景。后来,我才知道,他能如此热心助人,与他从小就是班干部、三好学生、插队时又当民兵连长有很大关系。

大约因为这种曾经很接"地气"的经历,他比一般喜欢清谈的知识分子们,似乎也更多了些忧国忧民的情怀。

三本书主义

为《细节》那本书,我们曾相约一起去了一趟河南郑州,并顺道往访了少林寺、嵩山书院、开封等地。一路上,我们聊了很多。他也谈到了他人生路途中的一些挫折和坎坷。但每次,他总是以朗朗的笑声作结:"嗨,人生就那么回事,真不值得把什么都放在心上。"

然而,对于他而言,十年后,人生真正的挫折和坎坷还是和他不期而遇了。

我是从他贴在班网的文章《还生记》中知道,他患晚期肝癌,又因肿瘤破裂,后从腹腔抽出4000毫升的血。那其中有些文字看了真让人触目惊心:"手术开始了,手术刀从我的心窝处切进,一股钻心的疼痛差点让我喊起来。可是我还是忍住了,我知道如果我要有所表示的话,可能会影响手术的进程。想想古人有刮骨疗毒之说,我也想效仿一次。刀子一下一下地滑动,我内心里一下一下地数着……"

昨晚,我宿在德华家,睡在他的书房里。看他笑声朗朗,步履铿锵,心态祥和,曾有些不大相信他真会是一个癌症晚期病人。

## 香山忆德华

于是,我说:"德华,我怎么也没法将你和癌症病人画等号耶。看你这精神头,不会是编个故事耍我们吧。"

德华知我是和他开玩笑,也就顺水推舟,半玩笑半认真地说:"你不就是想眼见为凭吗?努——"他说着,双手向上,呼啦一下将条纹的T恤衫拉至颈部,于是,一个一尺多长的人字形刀疤展现在我的面前。

我面对着这样的刀疤,想到最初的十几刀是在麻药还没有起作用时生生割下去、切下去的……我的心不禁被强烈地震撼了。我是个自小就热爱英雄的人,真没想到,当年关云长一边下棋,一边刮骨疗毒的壮举,竟在德华这样一位白面书生身上作出了最完美的演绎!

所以,跟随德华攀行在溪水畔,尽管我看到的多半是他的背影,但他胸前的人字形刀疤却总在我的眼前晃悠。我就说:"德华,别走那样急,咱们歇会儿吧。"

我们于是选一处石凳坐下。

"你没病。"我说,从身边摸出纸巾,一张递给德华,一张擦着额头沁出的微汗。

### 三本书主义

"……"他愣了一下,定定地看着我,忽然朗声笑道:"啊,病嘛,肯定还是有的。但我不怕。如果癌症就是一个魔的话,我也要与魔共舞……"

"就因为这,我才说你没病。真的,人只要内心清净、健康,身体的疾病就不能算是病了。你一定会同意,在我们的时代里,许多人虽然色身还没有受到什么特别大的损伤,但灵魂其实早已迷失了,精神早已病入膏肓了。"

已经记不清那天我们是何时离开植物园,何时回到城里的了。但那次和德华同游植物园留给我的感触却始终很清晰——那就是:和我们今天许多沉湎于物欲中的行尸走肉相比,德华其实是没病的。至少,他的心理要远比我们时下的许多人健康!

2013年12月记于上海,收入《与癌共舞》(作家出版社2014年7月第一版)

## 德华墓前的追忆

我站在德华的墓前,真不相信他就这样远行了。

他的妻子小马和两个孩子都在我的身边,他们的表情看上去都很平静,但我相信他们心里如我一样,也不能相信德华真的从此就在这山清水秀的"向佛墓园"长眠了。

说来也真巧,正是清明时节,我到北京来办事,当夜就梦到了德华。所以起床后,就打电话给小马,希望她能带我去德华的墓地。小马正好要去扫墓,闻讯马上赶过来接我。

路上我告诉小马:"知道吗?德华和我父亲是同一天去世

## 三本书主义

的,都是7月24号。只不过,我父亲患的是肺癌,比德华早两年走。"

德华是个极其厚道、儒雅、热情、正直的人。

我后来发现,我的两个极好的朋友,原来也是他极好的朋友。比如,作家张炜每每遇到我,总要谈起德华,常常忍不住一遍遍地夸赞:"德华真是个大好人!"

我有一年在济南,张海迪请我到家里一聚,席间,她忽然很兴奋地告诉我:"你知道吗?你的大学同学杨德华可是我的铁哥儿们呢。"怕我不信,还马上拿出手机拨通德华的电话,让我和他通话。

我后来因为《财富如水》一书在作家出版社的出版,又和德华结了一段难忘的编辑和作者之缘,也更感受到他内心的清净和豁达。

记得在谈合同的时候,他并没有因为我是同学、好朋友,就慷慨地假公济私,反倒明说了社里最近效益不太好,为了调动大家的积极性,希望我能在版税上做一些让步……说实话,我一个写《财富如水》的人,当时根本就没有想到要去为自己

## 德华墓前的追忆

争什么利益,反倒为德华这种时时、事事为单位,为集体着想的行为感到好奇和震惊:因为这在一个全民想发财想发疯了的时代,慷国家之慨,集体之慨已经几乎成为一个再正常不过的人文生态的情境下,这实在太难得了。

然而,德华又绝不是一个不讲情义的人,为了老同学的书,也为了他对《财富如水》一书由衷的喜爱和激赏,他不仅抱病写下了评论文章《文学创新与心灵解放》,还筹集召开了由中国社会科学院和中国作协联合主办的"《财富如水》跨学界研讨会"。

他太操劳了,心里总是装着文学,装着出版社,装着朋友,装着家人,所以,他的病很快又复发了。

那大概是他最后一次进地坛医院做介入治疗。我打听到了地址,坐一辆公共汽车颠簸了近一个小时去看他。他那时刚刚换到一个单人病房,身体看上去很虚弱,但见到我,还是咧一咧嘴,笑道:"进这个病房的人,从来就没有活着出去过的。所以,尽管是单间,也没人肯来。我就不信这个邪……"

德华后来确实还是从这个病房走出去了。但可惜的是,没过多久,他还是离开了我们。

三本书主义

我还记得那天我正好回美国,在上海浦东机场收到张炜打来的电话,还有同学李辉发来的信息。

所以,现在站在德华的墓前,我心里总有些自责,因为没能在他远行的时候,最后送他一程。

在家里,他是一个好儿子、好丈夫、好父亲;在单位,他是一个好领导、好同事、好编辑……而对于所学的文学专业,他也一直倾注着无比的钟情和热爱。

因此,在离开德华的墓地来到山脚下,看到小马和孩子们正在为他烧纸钱以寄托哀思的时候,我忍不住也将自己新完成的一部小说的手稿《伤魂》(那时的题目尚为《龚合国频道》),一张张烧给他。

红红的火苗在铁锅里一遍遍升腾起来。

我相信德华在黑暗中是能够看到我的这部新作的,也相信他会发自内心地喜欢它。

2013年12月记于上海,收入《与癌共舞》(作家出版社2014年7月第一版)

## 猪的品格与智慧

——读邱挺先生画作"猪系列"有感

古往今来,以动物入画者甚多,画鹰者有之,画牛者有之,画马者有之,画虎者有之……天上飞禽,地上走兽,因人而异,常成为艺术家们精神、情趣、志向和理想的寄托,比如鹰之搏击长空,牛之任劳任怨,马之勇往直前,虎之虎虎生气等。然以猪入画,嘉其憨态,羡其自在,高其境界者,却鲜见也。故当我初踏中央美院邱挺教授的"藕斋",蓦然撞见那一头头活跃在其笔下的姿态各异的猪仔时,眼前不由一亮。继之,读过

三本书主义

邱先生的跋文,恍兮惚兮,那些猪似乎又不是猪了,倒成了人,并且是一群有着自己特立独行的品格和智慧的"古人"……

邱挺先生的跋文是这样赞美和讴歌"猪们"的:"猪者,圂养糟食,好吃嗜睡,余何为而好之?盖每喜写其憨态,可掬又近人性,昔者圣人见豕负涂,庄生每下愈况,何哉?有以鉴乎至道也。居处卑污,而人以为秽,不知其晏也,憨陋简率,人以为鲁,不知其知也,守岁阴之末末,啜余沥以延年,垂首曳尾,坐忘形骸,妃偶造化,安之若命,非有德有能而谁何乃知,所谓善生者矣!"

说"猪们"憨态可掬,又近人性,这大概是不错的。若干年前,当电视剧《西游记》热播时,曾有好事者在电视观众中做过一个调查,问唐僧师徒四人中"谁是最可爱的人"?结果竟是猪八戒荣登榜首,而支持的理由择其要而言之,就是"憨态可掬,几近人性"。当然,猪八戒见了漂亮的女子,哪怕被证实了是妖精,仍不免会"怜香惜玉",粗看起来的确有些贪"色",但相较于悟空的爱憎分明,沙僧的疾恶如仇,似乎倒更契合"无缘大慈"的佛性,也更散发出人性甚或"人道主义"的光辉。

## 猪的品格与智慧

至于"居处卑污,而人以为秽,不知其晏也,憨陋简率,人以为鲁,不知其知也",此处的"猪们",似乎倒又成了智者甚而是"得道者"。关于猪,庄子曾说过"每下愈况"的话,大意是说看一头猪是否真正肥实,必须留意猪脚的下部是否有肉。推而广之,一个人如果想了解事物最真实的面貌,也必须从低下或卑微处去加以观察和判断。大道通常隐匿于最卑微的事物中,它们可以是蚂蚁和昆虫,可以是砖头和瓦片,也可以是污泥和粪便……而"猪们""居处卑污",人人都以为是很肮脏,其实那却是最接近大道的地方。一如亭亭玉立的荷花是出自污泥一样,猪的肉香也是来自它居处的肮脏和卑微。人生亦然。一个人智慧的获得和生成,通常都来自这个人在社会的最底层的磨炼。常常看到一些人,他们忽然从人生的高处落到了最低处,或者几上几下,几起几落,不仅卑微,甚而屈辱,但正是因为这种经历,却帮助他们看到并了解到了社会的最真实的面貌,故有朝一日当他们终于站到或者重新站到社会和时代的高处时,便懂得了如何去推动时代和社会的各种各样的变革。

### 三本书主义

说猪有智慧,倒不如说猪的"憨陋简率"其实具备了智者的一个最典型的特征,那便是:"行事低调,不张扬",或曰"大智若愚"。低洼之地方能蓄水,低调之人才能集智。而"坐忘形骸,妃偶造化,安之若命",又何独是"善生者"的写照,更是"有德有能者"的境界呢。

若我论猪,倒更为欣赏"猪们"的奉献精神。记得当年插队落户时,就常常听农人说"猪浑身都是宝"——猪肉可以吃,猪粪既可以做肥料(一头猪就是一个小型的有机肥加工厂),可以沤沼气点灯,而猪皮可以做皮鞋、皮衣,猪鬃因其刚韧而富有弹性,更是日用刷、油漆刷、机器刷等不可或缺的原料。所以,每每看到有人宰杀生猪,总有些于心不忍,觉得"猪们"为人类几乎奉献了自身所有的一切,这样白刀子进红刀子出来,未免太残忍了。及至自己一天天长大,人也一天天变得世故,才明白倘若没有最后那一刀,又有谁能证明"猪们"浑身都是宝?而"猪们"对人类的奉献精神又如何才能体现呢?

我之喜欢猪,大抵还因为庄子的另一句话:"我宁游戏污渎之中自快,无为有国者所羁。"(见《史记·老庄申韩列传》)

## 猪的品格与智慧

大意是说,我庄子宁可像猪一样在烂泥里自娱自乐,也不肯受权力的羁绊,去做一个专事粉饰太平,并为当权者抬轿子、吹喇叭的"御用文人"。这就似乎不仅仅是一种品格,甚至还是一种文人特有的并一直薪火相传的傲骨了!这种傲骨不仅庄子有过,司马迁、鲁迅、梁漱溟、顾准也有过……

因此,我在仔细欣赏了邱挺教授的"猪系列"后,忽然也生出一些与画本身无关的遗憾,因为这些"猪们"虽然看上去都憨态可掬,活泼可爱,却都遗有圈养的痕迹。而我以为,庄子心目中的"猪们"大概还是放养的,至少还可以在山林间、沟渠畔随意觅食、徜徉、戏耍……

故而,我对现代圈养着的"猪们",多少还是怀有一些偏见的。我尤其见不惯那些醒了就吃,吃了就睡,唯有生出饥饿感,才会哼哼唧唧地抱怨一番的主儿。其实,外面的天地大着呢,食物多着呢,为什么就不能撞开猪圈去外面自己觅食呢?

当然,这都是题外的话了。

2013年12月22日记于上海

## 我心目中的鬼谷子

我的一位忘年交朋友金江教授曾在山东蒙阴县的云蒙山麓负责设计、建造了一座融古今、中西建筑艺术风格于一体的"金刚门"。我前往参观时,曾向他打听附近可有值得一游的去处。"有啊,蒙阴城里有蒙恬碑,临沂市里有王羲之故居,附近也有莱芜战役纪念馆、孟良崮战役遗址……"他说,但最后还是极力怂恿我先去看一看"鬼谷子村",并道:"你一定会喜欢,绝不会后悔的。"

"鬼谷子"这个名字对于我来说并不陌生,几年前我甚至

### 我心目中的鬼谷子

还曾认真阅读过一本叫作《鬼谷子》的书。虽然此书多半属于伪托,并有人直指伪托者便是战国纵横家苏秦。但书的封面和扉页上却都赫然印着:"传说鬼谷子其人受命于天,得书于仙,极富神秘色彩……《鬼谷子》立论高深幽玄,文字奇古神秘,是'智慧禁果''旷世奇书'。"而鬼谷子的出生地和修道场,见诸各种笔记、野史的竟也有二十余处,有说是在河南于淇的,也有说是在河北邯郸的……

受好奇心的驱使,当天下午我就兴致勃勃地赶去"鬼谷子村"。下得车来,迎面便见一泓清澈的溪水贴着村口的崖壁蜿蜒东流,举头仰望,参差不齐的一排排房屋依山而立,沐浴在斜阳里,而近旁的山坳间,一汪明镜的池水正悄然溢出石砌的坝子,恰似一面丝质的幕帘闪闪烁烁地铺挂在夕阳映照下的坝墙上……我急急地溯流而上,企图在斜阳的余晖将逝之前,尽可能地探幽访胜,并期望能找到眼前这片涧水的源头。但才行出不到三里地,天色就暗淡下来。回望来路,远山早已是苍茫一片的不真实的梦影,涧水也似乎成了再无法追寻的历史遗迹。

三本书主义

那晚回到宾馆,总觉得有些心神迷离,而"鬼谷子"这个名字连同蓦然邂逅的"鬼谷子村"也总在心头徘徊不去,一时竟觉得真好像是遇了"鬼"……

于是,第二天中午时分,我冒雨再访"鬼谷子村"。先是在村头一户人家听一位田姓妇人绘声绘色地讲述鬼谷子的传说,后又找到该村另一位年长者,听他再番絮叨鬼谷子的来历。那传说大概是这样的:战国年间,有一位叫王胜仙的未出嫁的姑娘,于一个严冬的晚上独自溜出家门玩耍,她走到村口的一座新坟前时,忽然看到坟上长着一株沉甸甸的谷穗,顿感腹中饥饿,进而又觉得口中馋涎欲滴,就从谷穗上捋下几粒谷子放到嘴中咀嚼,谁知越嚼越香,一不留神就咽了下去,于是竟然受孕怀胎。冬天坟上长谷子,人们通常称之为"鬼谷子",于是,王胜仙就给孩子取名鬼谷子,又名王馋,后改为王禅。王禅成年后,避世匿藏到村西山上一个隐秘的山洞里修道,据说已修到二百多岁。有一天,村里一个妇人领着孩子上山砍柴时经过该山洞,孩子忽然哭闹,妇人于是恐吓孩子道:"王禅老祖就在里面修道呢,你把他吵醒了,看不把你抓进去!"鬼谷

### 我心目中的鬼谷子

子听后大惊,以为自己的行藏已经暴露,第二天便匆匆离开此山洞,去别处修炼和云游了。据说鬼谷子村对面的云蒙山上,至今还有鬼谷子当年赶车离去时留下的车辙和牛蹄子印……

离开老人的石屋,外面雨还在不住地下着,我撑着伞,走过泥泞的山道,拐过斑驳的石墙,来到村口的坡道上,蓦然却看到村口的岩壁上栩栩如生地现出两个古人的头像:近处的一个类近古猿,有些狰狞,远些的一个则仙风道骨,慈眉善目。更为奇妙的是,那头像的下方,白色的岩壁上似乎还挂着一条长长的金黄色的谷穗……

我心下疑惑,决计隔日三访"鬼谷子村"。

一条崎岖的小径,蜿蜒伸展在业已干涸的山沟里,我和随行的朋友一路攀行,不时被眼前的奇石美景所吸引,有若鲲鹏展翅的,也有似巨龟静卧的,更有一处古树遮阴蔽日,石桌、石凳依稀可辨,让人不能不联想起这就是当年鬼谷子给苏秦和张仪,或者孙膑和庞涓讲课的场所。再向上攀行几十米,被称之为"鬼谷圣府"的山洞赫然就在眼前。我进得洞去,才发现此洞其实只能容身一人,还必须侧身面壁而坐才行。一时不

## 三本书主义

免联想起禅宗达摩初祖"面壁十年图破壁"的故事,心里不免想:此"禅"难道也是彼"禅"?

离开此洞下得山来,我们又向云蒙山进发。到得山半腰,天色已晚,我们只能在护林人的家中权且借宿一晚。第二天一早,每人手执一根树枝做拐杖,追随着护林人翻过一个山岬又一个山岬,一个山坳又一个山坳,终于在正午时分于一处浓密的树丛间见到那两道既深且长的车辙印。我蹲下身去,用手摸一摸这两道凹槽,心知肚明此山如此陡峭,是决不可能走行牛车的,但我还是在这些凹槽上看到了历史与时光交错的影像,听到"嘎嘎"作响的牛车轱辘声……之后,老杨又领我们踏勘了"石鼓",攀爬了大云蒙峰,最后还到"孙膑椅"上去坐了坐。所谓"孙膑椅",其实就是一个状似椅子的"石椅",端立于峭壁之巅,隐身于树丛之中,不仅形似,椅面还凹凸有致。老杨很认真地告诉我们:"孙膑当年就常在这里看天书。"我于是拂去上面的松针和落叶,也一屁股坐下去,一时顿感时空凝缩,古今交接,身下亦有孙膑遗下的体温溢出。而极目远望,远山呈黛,层峦叠嶂,浩荡天风、诡谲云气一阵阵扑面而

## 我心目中的鬼谷子

来……

我在那一刻忽然想：这石椅孙膑真坐过么？倘若孙膑坐过，那他的老师鬼谷子岂不是也坐过？继而又想：孙膑被后世称之为"兵圣"，并有《孙膑兵法》遗世，为什么他的老师鬼谷子却没有自己的兵书留给后人呢？如果鬼谷子真出身在这里，当为莒国人。古莒国是个小国，在春秋战国那样一个弱肉强食的时代，必定备受强邻的欺压和蹂躏，或许鬼谷子正是出于保家卫国的考虑，才潜心研究兵法的吧。因此，眼前的这张"孙膑椅"，很可能就是鬼谷子早年上山砍柴时发现的，后来才告诉了孙膑，所以也可以叫作"鬼谷椅"。鬼谷子也许正是因为经常坐在这把石椅上日看地形，夜观天象，久而久之，才形成了他自己所领悟到的独到的"兵道"，并传给自己的得意门生孙膑和庞涓。可惜的是，这两人后来却用从他处所学的兵法互相残杀，最终一个被剜去了膝盖骨，成为残废人，另一个则兵败马陵道，愤愧自杀。而他另外的两个门生苏秦和张仪，则也用他的"揣摩术"各事其主，一个连横，一个合纵，势不两立，搞得天下大乱，生灵惨遭涂炭……

### 三本书主义

　　思想至此,忽然有一个闪电一样的念头撞进脑海:鬼谷子莫非是亲见了自己悉心研究的兵法却成了同门兄弟和人类互相残杀的工具,才决意不让自己有兵书遗世,并"勇退江湖",潜心修道,最终以"王禅老道"的面目示人的呢?再想到近处的禹王庙里所供奉的"王禅老祖"像,以及"鬼谷子村"村口岩壁上的双人头像,心里更加怀疑:这鬼谷子和王禅虽为一人,却有着两副面孔,并代表了两种完全不同的价值取向和和人生追求,前者以术制人,又以术制于人,后者耻于杀戮,以苍生为念,以得道为依归。故后期的王禅老道其实已从前期的鬼谷子脱胎换骨,由小智而大智,成就了另一种人生,另一番境界。故我们可以说,鬼谷子即王禅老道;又可以说,鬼谷子非王禅老道。他的生命历程,他所遇到的全部困惑,可能正反映了人类为欲望所驱使,在欲望中挣扎,又最终期望超越欲望的全过程。

　　因为有了这样的认识,我后来几天参观莱芜战役纪念馆、孟良崮战役遗址时,心里虽然也很赞叹我军指战员的勇敢顽强和足智多谋,但心情却总无法轻松和快乐起来。尤其想到倒在枪

## 我心目中的鬼谷子

林弹雨中的不仅有大批的国民党官兵,更有大量的我军指战员,包括许多支前民工;而那位在孟良崮被我军围歼的国民党王牌师师长,其实还是一位大名鼎鼎的抗日民族英雄……

我后来又爬了一次云蒙山。在那峰巅放眼远眺,虽然肉眼看不到"鬼谷子村",但"鬼谷子村"的一草一木、一沙一石却都在我的心里,而那村头岩壁上的鬼谷子或王禅老道像也忽而合为一体,忽而分成两人,越过时空向我飘然走来。我甚至可以感觉到他的体温和呼吸……他的双眼渐渐也成了我的双眼,他的两耳渐渐也成了我的两耳,一起从层层叠叠的山林间,从洒满落叶的黑土里,看到了旷古至今因为战争,因为人类的互相残杀而无家可归的无数孤魂野鬼,听到了他们不绝如缕的声声哀嚎……

还好,大山那一侧的"金刚门"就将落成了,而且听说那上面的菩萨也法力无边,那就祈愿这些游魂们借着我的愿心早脱苦海吧。

原载于《人民日报》副刊(2014年5月14日24版)

## 合天道，衡人欲

宋代程朱理学有句名言，叫作"存天理，去人欲"。虽然区区六个字，却是二程（程颢、程颐）和朱熹力图将一直主导着中国思想文化发展史的"佛道儒"或者"儒道佛"三家进行合流的成果。但撇开"理学"概念中"天理"的具体内涵和外延不谈，仅就"人欲"而言，儒道两家其实都是主张"清心寡欲"和"节欲"的，即便佛家，也只是主张"戒贪"，却也从来没有听说要"去人欲"。那么，程朱理学为什么要公然提出"去人欲"（也有说"灭人欲"）呢？

### 合天道,衡人欲

我曾经觉得他们的动机很可疑。

后来,读史读多了,渐渐也就有些恍然。其实,"存天理,去人欲"的提出,是与当时中国社会经济快速发展的现状有着极大关系的。北宋初年,朝廷废除了苛捐杂税,鼓励农耕,结束了"五代"时期的"田园荒尽"的惨状。诗人滕白曾在《观稻》一诗中吟道:"稻穗登场谷满车,家家鸡犬更桑麻",一派富足的景象。工商业也有长足的发展。北宋画家张择端的《清明上河图》更是反映出当时一派歌舞升平、快乐富足的繁荣景象。

仔细想想,这多像当今中国社会在经过几十年的高速发展后所展现的一种"暴发户"似的景象啊。所以,虽今人非古人,但今人之人性则与古人无异,故以今人之心揣古人之情状,繁荣过后大概总是会"娼盛"的,钱多了也难免会挥金如土,穷奢极欲。理学大师们肯定深恶痛绝这样一种"经济水平上去了,道德水准下来了"的现状,无怪乎要提出"存天理,去人欲"来整理世道人心了。

发展,尤其是经济的发展,关乎人类的生存和延续,兹事

## 三本书主义

不可谓不大。但经济发展对人类精神生活所带来的副作用却也是显而易见的。《圣经》中就有"富人进不了天堂。富人要进入天堂,比骆驼穿过针眼还要难"的说法。意思其实是说,即心是天堂。一个人,一个家族,一个企业,一个国家,一个民族,一个人类,如果执着于追逐财富,一定会为财富所累,开始时劳心劳力,健康受损,继而见利忘义,坑蒙拐骗,没有得到的想得到,得到的又害怕失去,精神复又受损。身心俱损,人岂不是在地狱里受煎熬,又怎么能够奢望进得了天堂呢?

人类社会的一切所谓发展和进步,都有它的两面性。每个时代的任何一种发展和进步,也断然不会不付出自己的代价。经济的发展更是如此。我们正生活在一个"经济压倒一切"的时代。"以经济建设为中心"已经不再简单地是一个或几个国家的国策,而成为一种世界性的潮流。这个潮流先是几百年前从西方向东方席卷,如今正又由东方向西方倒灌。其实,人类最初着眼于经济的发展,仅仅是由于生存的需要,而如今的经济发展,在更广阔的层面上和范围内,却越来越成为一种享受的需要。即以"衣食住行"而言,穿补丁衣服似乎

## 合天道,衡人欲

已经成了一个神话;粗茶淡饭早已成了遥远的回忆;一间房甚至一幢房早已容不下六尺之躯;汽车则让我们双腿走路的功能一点点退化……总之,当我们收获着经济发展的累累成果时,也不能不同时收获着经济发展对我们所赖以生存的外部环境和内在环境的破坏和戕害。也许,我们尚可忍受蓝天不见了,土壤被重金属所污染,河流散发着酸臭的气息……但我们却越来越无法忍受官员的贪腐,商人的奸诈,学术的造假,司法的不公……

佛家曾经认为,"人有五欲,财色名食睡"。因此,所谓经济的发展,其实说穿了,还是人类物质欲望的无止境的释放的结晶。世间财富如水,但真正能够负载和托举起这些财富的还是人类的欲望之水。然而,水能载舟,亦能覆舟。

英国著名的物理学家霍金先生曾经断言:人类因为自己的自私和贪欲,将导致地球在二百年内毁灭。因此,他欣然开出自己的救世良方——人类应该未雨绸缪,抓紧做准备向外星球移民。而经过他的计算,离地球最近的适合人类居住的星球大约有五十光年。霍金先生真是一个既伟大又天真得让

### 三本书主义

人难以置信的科学家。他为什么就没有想到,一个没有从根本上解决了自私和贪欲的毛病的人类,还有可能和平地移民外星球吗?

所以,仅此而言,科学家们也许很难有用武之地了。而文学家们,同时还有艺术家们却似乎还可以一显身手,借机给病态的社会和时代注入某种带有反思和忏悔性质的文化元素和思想因子,并让它们在无所不在的经济活动中发酵,形成一种日益强大的力量,用以检讨我们的过失,并重新确立那些符合人类长久发展的目标或方向。我们不能说经济的发展都是偏离了人类生存和发展的大道。但我们可以说,一味地强调经济发展,将很容易偏离人类生存和发展的大道。而文学,作为所有文化元素中的十分重要的一员,正可以娓娓道来,亦可以夸张、反讽或痛诉,总之,可以让现实生活通过文学或艺术的加工而成为一面镜子,映照出生长在我们社会肌体上的各种各样的病灶甚至是毒瘤,以引起疗救的注意。

中国有文字可考的历史据说有上下五千年,人类有文字可考的历史肯定还会更长一些。但仔细想想,人类社会其实

## 合天道，衡人欲

一直是在"存天理，去人欲"，或者"存人欲，去天理"的状态间徘徊或游荡着的。经济发展了，人欲横流，于是就有文化人提出来要"去人欲"。而"去人欲"的结果却又导致经济失却了最原初的前进的动力，以至于经济崩溃，民不聊生。于是，又有人提出来要以"经济建设为中心"，要鼓励一部分人先富起来，并且大张旗鼓地宣传"发家致富光荣"。结果是慢慢又走到了"存人欲，去天理"的老路上，如此循环往复，以至无穷。故当此经济发展越来越全球化的今天，面对外在和内在的生态环境越来越恶化的趋势，我们似乎也有理由提出另外六个字——"合天道，衡人欲"来为时代纠偏。因为历史告诉我们，人类社会唯有契合天道，平衡人欲，经济的发展才可能持续，人生唯有契合天道，平衡人欲，身心才可能真正为幸福、和谐、美满、自在所充盈。

在中国作协组织的天津国际作家写作营上的发言（2013年9月22日）

## 插队、读书、写书

上海去西双版纳的飞机上,邻座坐着两个鬓发斑白的男人,其中一个还秃了顶。闲谈之下,方了解到他们是当年到边疆"插队落户"的上海知青,相隔十年后再次"回家"探亲。而我,此行正是参加万达集团主办的"西双版纳情怀——我们的知青年代"论坛活动的,所以,我们一下子就亲近起来。而当年"插队"生活的一些片段,也一点点浮上我的心头。

我是六八届初中生,因为读书早,毕业时才十四周岁。父亲是军队干部,虽然很积极地响应毛主席的号召,让我到农村

## 插队、读书、写书

去接受贫下中农的再教育,但考虑到我年龄实在太小,最后还是舍不得我去边疆,而是选择了送我回原籍。初来乍到,我被分配在"杂务组",与一帮老人和小孩为伍,每天挑灰抬粪,锄草挖沟,最多可以记到三分半工一天。这样忙活了一年,到年终决算时才发现自己还欠生产队的钱……这是一段很艰难困苦的日子,失落与无望并肩,苦闷与烦恼携手,偶然得到一两本《青春之歌》或者《三家巷》之类的充满"小资情调"的小说,都会视为至宝,如饥似渴地反复阅读……

但我万万没有想到,就是这样一段"插队"生活,后来竟成为激发我写出《伤痕》的最主要的元素之一。小阁楼的缝纫机上,昏黄的灯光下,我笔下的主人公王晓华与母亲决裂,离家出走,一别八载,在农村虽然很努力,却连共青团也入不了……我眼前飘忽着的却是"插队"时经常见到的一位戴着黑框眼镜的白面书生,每天挑着粪桶在田间地头行走的身影。他原是当地一所重点中学的高材生,只因家庭出身富农,便被社会无情地打入"另册"……

《伤痕》后来扣动了全社会的心弦让我明白了一个道理:人

## 三本书主义

生没有一种经历不是财富,关键就看你是以怎样的心态去对待。也懂得了:人生除了要读好"书本知识"之外,更要努力去读懂和读通"自然和社会"这本大书。一个人,无论身处顺境或逆境,这都是一本最值得他或她仔细阅读的最原初的、最丰富的、最有血有肉的大书,它的文字写在山川间,映在蓝天上,刻在人们的心田里。只要你真正全身心地投入这种阅读,不仅会把握到社会的脉搏,聆听到时代的心跳,还会体会到宇宙的真谛。

正是基于这样一种比较自觉的认识,行走在文学的坎坷路途上的我,从此更加注意践行"读万卷书,行万里路"的古训,不仅曾主动辞去过记者工作,下海经商,后来又漂洋过海,出国留学,加入"洋插队"一族。

面对一个十分陌生的国度,当年我曾受到的各种各样的生活和文化的挑战是"土插队"时难以想象的。但我很快意识到,我所面临的最重要的挑战还是来自我自身,来自我身上曾经镀着的一层所谓"作家"的光环。人生的每一个困境,当你走出来了,它肯定会带给你成功的喜悦,甚至还有耀眼的光环追随你。然而,只要你一不当心,它们马上又会成为你的负担和包袱,拖

插队、读书、写书

拽住你前行的步伐。认识到这点,我努力以"放手如来"自勉,并督促自己经常"归零"。这样,我在留学期间,先后踩过三轮车,卖过废电缆,做过金融、期货,后来又去赌场发牌……

赌场发牌,这是我人生最独特同时也是收获最丰的一种经验。那时,我在赌桌上每天阅人、阅牌、阅筹码无数,渐渐地,那些固态的筹码在我面前也就变成了液态的水的形状。一枚枚的筹码就是一滴滴的水,一摞摞的筹码就是一汪汪的水……而从赌桌上这些似乎永无止息的筹码的流动中,我也第一次那样真切地感受到——并在若干年后用了一本书来阐释它——"财富如水"!

财富如水,会流动,会蒸发,会冻结,会"滚雪球",会"以柔克刚",会藏污纳垢,会往低处流……正是因为财富的这些性质,也就决定了财富的两面性——"水能载舟,亦能覆舟"。

所以,如今当我收获我的每一部作品时,我都很感恩前人或别人已经写成的书——那是他们在不同的历史条件下,面对不同的时空关系,所产生出的独特的生命体验,可以给我以心智的启迪。当然,我更感恩我的眼、耳、鼻、舌、身、意所触及

## 三本书主义

的过去、当下和未来的"自然与社会",感恩我生命中的有缘相逢的每一条河流,每一座青山,每一株大树,每一棵小草,有缘结识的每一个"插兄",每一个"插友",每一个贩夫,每一个走卒……只有它们和他们,才是天地间经久不息地变化和流淌着一本最本源的书……

其实仔细想想,人生如一枚棋子,都是逃不过天地间那只看不见的手随意或着意的摆放的。因此,就本质而言,我们每一个时代的每一个人也都逃脱不了被"插队落户"的命运。我们不是插队在农村,便是插队在城市,不是插队在官场,便是插队在商界,不是插队在此岸,便是插队在彼岸……

因此,当我下了飞机,又接触到一些万达集团在西双版纳的员工,知道他们当中的许多人也是离乡背井,近的来自昆明,远的来自哈尔滨,短的才来三个月,长的已经在当地落户三四年时,我心中忍不住也生出一些感慨:如果抽去了时间的成分,再分离出一些环境的要素,他们其实也是我的"插兄"或"插友",如今正在西双版纳这块美丽的土地上夜以继日、废寝忘食地"读书"和"写作",那一幢幢别具一格的新落成的楼盘,就是他们用双手醮着汗水在天地间写下的一本本大"书"。

而从他们的身上,我更看到了一个遍布全国各大中小城市的无比庞大的"农民工"兄弟队伍,他们是这个时代反向行走的"知识青年"群体,比较起"文革"时期的"上山下乡"运动,尽管没有人发号施令,没有"知青办"关怀,没有人发安置费,没有人帮助落户,他们却也在城市的边边角角一点点安顿下来。这是一群地道的货真价实的城市的"插队"者,也是城市的建设者和创造者……然而,他们虽然在天地间写了许多"书",可惜的是却不能拥有书的版权……

所以,面对一大群"拒绝遗忘"的老一代"知青",想起一大群户口尚被城市"拒绝"的新一代"知青",我心里真是百感交集,只能默默祝福和鼓励他们:我们选择不了自己的出身和命运,但我们依然可以读书,写书:读世态炎凉,人情冷暖,斗转星移,沧海桑田,写人生如棋,如局,如戏,如梦……

在"西双版纳情怀——我们的知青年代"论坛上的发言
(2013年11月17日记于上海)

# 放下与成长

## ——序张智澜《心会痛,才算长大》

楼下邻居正在装修,我在时而迸发出的刺耳的冲击钻声中,用了差不多两天时间,静心阅读了《心会痛,才算长大》这部书稿。这是一本描写和叙述一位从北大中文系毕业的女"学霸",经过在中国儿童保险专项基金供职三年的历练和"阵痛",从一位心高气傲的非常自我的女才子,最终融入并醉心于慈善的温暖团队,并在日常的琐碎工作中,一点点蜕变为一个非常专业的"慈善人",还被哈佛大学肯尼迪政治学院录

### 放下与成长

取为在线学生的故事。全书虽然波澜不惊,叙述方式也都是娓娓道来,但发自作者内心的那份真诚和感悟,还是深深地打动了我。其中许多章节,我甚至是两眼噙着泪花读完的,比如:罹患恶性"横纹肌肉瘤"的娜娜,在许多人的帮助下,终于成功施行了手术。

娜娜出院这天,年末的北京,寒风刺骨。雪林紧紧地牵着孩子的手。在医院门口,一个行乞的老人引起了孩子的注意。

她拉了拉雪林的手,"姑姑,我想给他一块钱。"

"为啥?"

"今天的奶糖不吃了,给他一块钱。"孩子从雪林手里接过钱,认认真真地放到老人面前的搪瓷杯里。

看到这里,你虽然会为尚未完全恢复健康的孩子感到心痛,同时却也被深深地感动着:因为人性中无法泯灭的慈善的种子正"野火烧不尽,春风吹又生"……

然而,更让我感动的是,最初非常自我的主人公,买一碗粥也很少想到为别人减轻负担,后来却在雪域高原的拉萨机

### 三本书主义

场主动要求留下来,帮助大家看管、托运行李,耽误了十几个小时才辗转回到北京……

我是在中国社科院和中国作协联合举办的一次有关我的新书《财富如水》的跨学界研讨会上,与张智澜书中的"胡老师"结缘的,并有幸成为基金的顾问,此后也就陆续熟识了智澜书中所提到或尚未提到的那些人,并与这个以救助孤儿为使命的公益基金发生了千丝万缕的联系。这个团队专业、高效、团结、和谐、活泼、快乐,人人一丝不苟、认真负责,个个秉持无私奉献、大爱无疆的信念,无怪乎基金成立不到三年,就获得了中国慈善界的最高荣誉"中华慈善奖"。所以,这里也一步步成了我的精神家园,每次到北京,再忙再远我也会设法到基金走一走,坐一坐,聊一聊,分享他们生活中的酸甜苦乐,和他们一起成长。

2014年12月初第一次与智澜深聊、当时她给我看了两篇她写的协助孤儿理赔的故事,希望我能指导她,还说胡老师鼓励她早日将她在基金的所学所感写成一本书。我知道,对于智澜而言,这将是一件很有意义但也是极富挑战性的工作。

## 放下与成长

第一,她只能利用工作之余的琐碎时间来完成这本书;第二,书的内容大部分与保险、慈善相关,写不好将会非常枯燥乏味,无法吸引读者的眼球。然而,智澜不仅在这么短的时间就完成了这本书的写作,而且还写得如此真挚感人。这让我想起西方一位哲人曾经说过的话:"只有出自内心的才能进入内心。"我真为智澜感到高兴,也由衷地祝贺她!

我们生活在一个因缘聚散,同体大悲的婆娑世界。在这个世界中,我们每一个人,我们所做的每一件事,甚至我们的每一个念头都是与这个世界的每一个人,乃至这个世界的山山水水、一草一木相互牵连的,甚至我们的痛苦和喜乐也必须一起分享。从这个意义上,人生其实也是一个脱开人类母体,过渡到宇宙母体的"十月怀胎",在这个我们视为成长的过程中,会经历无数的"阵痛"——肉体的痛,心灵的痛,自己的痛,他人的痛……我们每个人都是别人的桥梁,都是帮助和成就别人人生的助缘。反过来,每个其他的人,也都是我们的桥梁,是帮助我们攀过人生极地,采摘菩提圣果的扶梯。所以,当我们成长到某一天,不再以自己的痛为痛,而是以别人的痛

## 三本书主义

为痛时,那痛其实已经不是痛,而已经转化和升华为一种可以洁净灵魂的喜乐了。所以,从智澜她们手中发出去的一张张普普通通的公益保险卡,看似平凡不起眼,却一头连接着无数发心行善的捐助者,一头连接着急需救助的无数孤儿,并通过他们与整个大千世界紧密相连。故每当我走进智澜他们小小的办公室,总是能感受到中国、世界乃至整个宇宙的气场和能量,感受到这世界的每一颗爱心的律动……

《心会痛,才算长大》粗看上主要只是描写一个北大女生如何融入她所喜爱的慈善事业中去并做好去哈佛留学准备的故事,因此也许有人会将它看成是一本纯粹的励志书,会对刚出校门的年轻的学子走向社会或希望出国继续深造有所帮助。但我觉得如果仅仅这样理解,肯定还是很不够的。我恰恰以为,这本书虽然写的是一个和一群年轻人的故事,但它所揭示和包含的思想内涵却是对一切年龄段的人们都极具启示性意义。尤其在今天这样一个大道流失、物欲横流、世风日下的社会环境中,作为独生子女这样一个社会特殊群体,我们的孩子们通常更容易恃宠而骄,变得自私、自负或自我,甚至是

## 放下与成长

越来越没有"痛感",越来越拒绝"痛感"。而我们已然知道,"痛感"不仅孕育了生命,而且是我们成长过程中不可或缺的"维他命",是完善一个高尚灵魂的必由之路。故这本书的出现一定会对我们许多家长,以及热心教育改革的社会人士提供十分有益的启示——让你的孩子做慈善去吧,他们在这过程中一定会像智澜那样逐步抛除自己的偏见,走入他人的内心,体会他人的痛苦,理解别人的情怀,发现人性里最深切的善意,从而放下自我,快速成长。

因此,我更愿意将这部书看作是一本现身说法的觉悟的书,一部润心益智的书,一部会帮助我们的孩子们更健康、快乐地成长的书,一部会让我们的生活变得更充满爱意的书……

且听听来自书中智澜的那些字字珠玑的切身感悟吧,它们完全可以放在伟人或名人的语录中,让我们一遍遍激赏:

> 孤儿就是一个悲剧的既成事实。可当我直面娜娜和燕子,我仿佛看到命运之手将她们紧紧相连,又鼓励她们坚定地一起走上一条独特的成长之路。在这条路上,她

### 三本书主义

们经历的黑暗与磨难远远超过常人的想象。在困境中,正是那些心底最纯粹的善意照亮了她们前行的道路,甚至包括那些法律的标准所不能衡量的、人性中最深处的真实,如果给一个向善的机会,它也会释放出能量。

当突如其来的重大事故发生在自己的生活里,只有毫无保留的爱能够帮助我们透过生活的风风雨雨,放下那颗也许曾经反复纠结的心,用一种更强大的力量来承受生活的洗礼,才能实现青春的蜕变。我相信,最终沉淀下来的包容与责任之心也是我获得的,独一无二的成长礼物。

有人问我,每次敲开一扇新的大门,你的勇气是来自他人的认可吗?我的答案是,我内心的光源就是那些红艳艳的枸杞子。那些抗击病魔的勇敢少年也在鼓励我。慈善,就是鼓励人们在生活中积累善的财富。

做一个恭敬的施予者,蹲下身子,行礼感恩!

在慈善活动中,人们的"付出"能产生"医疗作用"和"快乐效应"。行善对自身心理和身体健康能产生巨大而

## 放下与成长

深远的影响,其自身的社会能力、判断能力、正面情绪以及心态等都会得到全面的提升。

提到慈善,大家首先想到的是爱心,是无条件的奉献。却很少有人真正理解慈善还非常需要专业。爱心和专业是慈善链条上不可分割的两个环节,没有爱心,慈善就是无源之水、无本之木;而没有专业,爱心也就不能有效递送给最需要帮助的人。

令我特别诧异的是,在美妙绝伦的坛城沙画制作完毕之后,它又被毫不犹豫地扫入净瓶,最终汇入流水,无影无踪。

看着这样的过程,心里原本的惋惜渐渐被一种更深沉的感悟所替代。延续数百年的经典传统,这制作坛城沙画的过程,对僧侣而言本身就是一场独特的修行。不持执念,就是一种放下和觉悟。

所谓"历尽艰险,摘得星辰",星辰远不及成长后收获的一个全新的自己丰富。我回想起曾跟胡老师讨论过在寺庙里是否需要跪拜。其实形式本身并不重要,重要的

三本书主义

是我能否放下"自我",真诚地体悟到有比"自我"更高的东西。

……

智澜所说的也正是她和她团队的朋友们正在日复一日地实践着的。

我相信,因为有这样一个团队,今后这里还会走出一个又一个睿智、成熟,宅心仁厚,波澜不惊的智澜。

当然,我更相信并且期待:因了《心会痛,才算长大》这本书的因缘,我们的时代,我们的社会,我们的世界会出现越来越多的放下自我,"先天下之忧而忧,后天下之乐而乐",一心行善、劝善的智者,而当他们有朝一日汇聚成壮观的波涛汹涌的人流时,那景象似乎也应该当得上是"智澜"——智者之澜,智慧之澜。

## 故乡,你在哪里

说到乡愁,便不能不说到故乡。

而一说到故乡,我便不能不犯愁:故乡,你究竟在哪里?

大约十年前,中国中央电视台曾拍摄过一部名叫《划过岁月的伤痕》的电视片,那片尾用了我当时新写下的一首咏"太阳"的诗,那诗句是这样的:

谁都有故乡

你没有

总是拖着醉步

## 三本书主义

在不着边际的天穹间

摇摇晃晃

深邃的时光隧道里

布满你热情似火的目光

为着

拥吻月亮

那是你永远也无法触摸的

新娘

这首诗道出了当时我对故乡的某种困惑和迷茫。

在我生命成长的历程中,我曾经走过许多地方,它们后来被我依次称之为第一、第二、第三、第四、第五故乡。

我的第一故乡当然是我的出身地,它位于浩瀚的长江北岸,广阔的一望无际的苏中平原上,那里到处是河沟港汊,庄和庄相连,村与村接壤,小时候辨识一个村庄常常是看村头或村中的白果树。那些树高高在上,凌空而起,突出于翘起的青瓦屋脊,枝叶铺展开去,很像一把巨大的伞。及至走到跟前,更发现那些树常常需要好些人才能环抱,且结满黄黄绿绿的

故乡,你在哪里

果实。那时候,我,还有很多如我一样的小朋友,心里是没有山,也没有海这样的概念的。我们在河里游泳,摸鱼虾,在原野上放风筝,在金黄的菜地里捕捉蝴蝶,在炎热的夏夜里追逐萤火虫……我们那时还没有学过自然和地理,即便知道有地球,也坚信它是平的。

我对世界最初印象的被颠覆,是在我离开我的出身地之后。

有一年,长期在部队服役的父亲忽然出乎意料地回来了。平时,他总是年底迎着北风,踏着积雪回家探亲的,这次却是从后院的玉米地里突如其来地钻了出来。原来,他是回来接我们全家随军的。在离开故乡的颠簸的长途汽车上,我才生平第一次见到一座高不足百米的"孤山",突兀地矗立在一望无际的平原上。而等我们全家终于登上一艘军队的登陆艇,经过三四个小时的航程,几番呕吐得死去活来,到达我们位于部队家属营地的新家时,我才发觉我们被抛弃在四周一片江洋的孤岛之上。这里开门见山,抬脚便是上坡下坡,满耳都是林涛海啸。虽然很新鲜,但每天要到一百多米处坡下的水站

### 三本书主义

和弟弟一起往家里抬水时,不免还是很怀念故乡的平坦。然而,我后来还是越来越爱上这片土地,尤其当我上了初中后,从书中,从老师和同学们的谈论中,知道我的第二故乡竟然就是历代文人称之为"仙山琼阁"的所在,传说中八仙过海的蓬莱仙境时,更是对它热爱有加。可惜的是,遇上了"文化大革命",初中毕业后,我不得不响应领袖的号召,到农村去插队落户。这样,几经周折,我又回到了我的出生地。那年,我刚满十五岁,每天面朝黄土背朝天,一锹一镐辛辛苦苦地修补地球,到年底发现还养不活自己,这时我才知道流泪,才知道想家了。记得有一天晚上在煤油灯下给父母写下那封长长的想要回家的求援的信,第二天早上起床,竟发觉两个鼻孔都被煤油烟熏黑了。

身处第一故乡的我,此时此刻最想念的却是自己的第二故乡。原来父母在的地方才是家,家在的地方才更感觉着是故乡。大学毕业后,我到报社做记者,才第一次认认真真地写下一篇叫作《蓝色的海》的散文,以记叙我对故乡的怀念和离别之情,其中也写到自己有一次下海捞海参,不慎被大石头压

故乡,你在哪里

住手臂,差点葬身海底的经历。就是今天,我常常禁不住还要在内心一遍遍地发问:那块石头就是大海的一只手吗?他当时为什么要抓住我?后来为什么又将我放了?

我的第三故乡应该是山东曲阜。十八岁长大成人后,我有整整四年的青春年华是在这里度过的。曲阜是孔圣人的故乡。但我那时发现,这个圣人在他的故乡其实是不被悦纳的。祖坟早已被人挖过,后代中尸骨尚存的则被人从地底下挖出来鞭尸。著名的孔府、孔庙,到处断壁残垣,孔林东区则被开发成驻军部队的农场。赶上1974年的"批林批孔"运动,孔子以及他的门人们则再次被从故纸堆里挖掘出来,放置到人民群众口水的油锅里加以煎熬……让人悔恨交加的是,作为工农兵中的一员,我和我的战友们当时都曾积极地参与到"批林批孔"运动中去,写过义愤填膺的大批判稿,高呼过"打倒孔老二"……

1978年年初,在社会上游荡了十年后,我终于来到复旦大学中文系读书,而上海也成为我生命中的第四故乡。以至于现在当地的电视新闻媒体已习惯将我称之为上海人。上海,从19世纪中叶就以她迷人的魅力辉映着东方,既被誉之为

## 三本书主义

"东方明珠",亦被目之为"冒险家的乐园",这里诞生过海派文化,栖居过一代文化伟人鲁迅,也是"文化革命"中"四人帮"的发迹之地……她的美丽和繁华曾让许多人为之倾倒,而我也因这个城市而起步,在入学第三个月写下了我的处女作《伤痕》,并由此走上了文学创作的道路,同时也开始系统地对国家、对社会、对时代、对个人加以深刻反省。从这个意义上,上海又是给了我文学生命的故乡。为了拓展自己的视野,我也是从这座城市出发,去漂洋过海,行万里路的。

后来,我于1986年9月19日到美国加州大学洛杉矶分校自费留学读书。屈指数来已是三十余年过去。美国给了我很多,他让我家庭添丁加口,也让我从盛名之下回归到最原初的状态。我在这里为生存在学校附近踩过三轮车,也到赌场发过牌。在这过程中,我体会到自由和平等的最真实的含义,也体会到东方佛教理念中的"自在、平等、慈悲"和西方基督教的理念"自由、平等、博爱"原来一脉相承、并行不悖。后来,父母亲又来美国与我们团聚,从此和我们一起生活。于是,无论是从家的概念上,还是从居住的时间长短上,洛杉矶俨然又成了我生命中

### 故乡,你在哪里

最重要的第五故乡。而且,随着时间的迁移,我越来越感到,自己今后的人生旅途中真可能是要"反认他乡是故乡"了……

所以,故乡在我的心目中,常常是面目不清的。

一个人可以在许多地方工作、生活和学习过,但并不是每个地方都可以算得上是故乡。有些地方,它会是你肉身的出生地;有些地方则是你精神的发源地,而另有些地方,则是你心灵的寄托和依归之处。这样,简单地说,故乡大致也可以分为两类:一类是我们身体的故乡,一类是我们心灵的故乡。对于身体的故乡,我们的乡愁多侧重于由土地、亲情带来的春荣秋谢、聚合离散的游子情怀;对于心灵的故乡,我们的乡愁则多侧重于直面文化的流失,传统的消亡所带来的某种"无可奈何花落去"的惆怅、失意和哀怨。

如今,我以一个海外游子的身份再来看我的前四个故乡,它们分明又被时光渐渐整合和凝结成一个,那便是——中国。

只不过,这中国于我也是越来越面目不清的了。

我最近一次回第二故乡山东长岛是2015年的事,从龙口到蓬莱阁的一路,领略了无处不在的遮天蔽日的雾霾景象,登

三本书主义

临蓬莱阁远望海上仙山,更是混沌一片。再低头俯瞰海滩,油污留下的痕迹,塑料垃圾触目可见。而我回到我的出生地第一故乡,当村支书的堂弟请我吃饭,餐桌上的一番话更是让我大吃一惊。当时,他满脸是笑,大着嗓门对我嚷嚷着:"大哥,多吃点,尽管放心吃就是,鱼是自家河塘里养的,猪也是养了专门杀给自己吃的,这些蔬菜,我们也从来不肯打农药!""那——这么说,卖的猪喂法不一样罗?""当然!"堂弟很肯定地点点头。"那你们也在饲料里添加瘦肉精什么的?"我忍不住诧异地问。"那还用说嘛!都秃头上的虱子,明摆着的事。"堂弟毫不掩饰地笑着说,跟着还打趣我:"不过,这也不能怪我们,我们哪里懂什么瘦肉精、肥肉精的,还不是你们这些知识分子搞出来的名堂。我们要买猪饲料、鱼饲料,现在哪家没这些玩意儿?"一番话说得我哑口无言。

人心不古,大道流失,术数猖獗,物欲横流……

那个讲究"仁义礼智信"儒家信念的中国呢?那个追求"天之道损有余而补不足,人之道损不足以奉有余"道家政治理想的中国呢?那个崇尚"看破、放下、清净、自在,平等、忍

## 故乡,你在哪里

辱、慈悲、正觉"佛家精神的中国呢?

去国还乡这些年,说实在的,往来于大洋两岸,我常常分不清哪是现实的中国,哪是历史的中国,哪是物质的中国,哪是精神的中国,哪是自然的中国,哪是文化的中国……而且,就文化的、精神层面的意义而言,我也常常有一种错觉,以为中国台湾和香港这些地区倒更像是原汁原味的中国。我有时到韩国、到北欧,在洛杉矶,也恍然是回到了远古的故乡。

2009年春,我曾参加一个四海作家采风团在云南各地采风,行程最后阶段,我曾到楚雄市一个极其边远的小镇石羊镇参观孔庙。据陪同人员介绍说,这个小镇上的居民绝大多数都是彝族同胞,对孔子一直怀着深深的敬爱之情,故小镇上的孔庙在"文革"中不仅没有遭到致命的破坏,就连孔子塑像也还被他们巧妙地保存下来。后来曲阜的孔庙要搞祭孔仪式,但已失传,无人懂得,最后还是跑到这里来请教。

孔子说:"礼失而求诸野",难道"道失必须求诸夷"吗?

那个曾经让人引以为傲的礼义之邦的中国,你究竟在哪里?

## 三本书主义

历史好像总是在捉弄人：有一种故乡，刚刚分明还在眼前，倏忽间却流落它处。

我2016年曾两度到湖南湘西采风。在与广西接壤的一个叫作坪阳乡的地方，我曾访问过很多"再生人"。那乡里有六千多人，听说有记载的"再生人"就有两百多人。这个"再生人"群体基本上都有一世乃至几世的记忆，而且前世和今生的亲人们也都互相相认，并密切来往。佛教讲轮回，虽无可靠的记忆来证实，却是可以从春荣秋谢、花开花落，一岁一枯荣，等万千事物万千变化的轨迹中去心领神会的。所以，如果我们有前世，有今生，有来世，势必也就会有着这三世的故乡。而如果我们曾经活过累世累劫，势必也就有累世累劫的出身地和故乡，而因缘的相互作用，则会将每一个人的每一世故乡相互牵连在一起，溯源到人类的一个共同的始祖，一个共同的精神发源地。因此，我很赞赏"全球村"这样的说法。地球其实就是一个村庄，就是有着各种不同肤色，说着各种不同语言，有着各种不同信仰的人们的共同的故乡。

而作为人类的一员，我们所有的乡愁其实最终都来自对

### 故乡,你在哪里

我们所共同生活的土地、河流、蓝天的无法遏制的眷恋、关心和爱护。

儿童时,故乡的一草一木会触动我们的乡愁。

青年时,故乡的一人一事会触动我们的乡愁。

老年时,故乡树木的年轮,母亲脸上的皱纹,先我而去的同伴和亲人会触动我们的乡愁。

但在这所有的乡愁之外,还有另一种乡愁,那便是宋代名相、大文学家范仲淹所说的"先天下之忧而忧,后天下之乐而乐"的士大夫式的乡愁。

——蓝天罕见了,食物有毒了,人心不古了,道之将废了……你能不忧心忡忡,能不愁绪满怀吗?

于是,我新近写下了这首《乡愁》,用来作为我这篇文章的结束语:

#### 乡愁

层峦叠嶂护持的粗暴山头
狂躁饥饿的念头不眠不休
秃鹫在分裂的岩壁争食腐肉

三本书主义

游鱼于拥挤的放生池哄抢施舍糊口
失忆的峡谷行尸东奔西突
冲动的火山愚众宁左勿右
……
这便是我的故园么
你究竟是在凤凰涅槃
还是执意往死里走
……
蓝天漫不经心地飘过冷漠的云朵
它连半点眷顾的心思
似乎也没有
阳光阴影处的眼窝
却布满我揩不尽晒不干的
一汪乡愁

在第四届海峡两岸文学笔会(台湾)上的发言(2016年11月17日于台北)

## 读三本书,走归零路
### ——我的文学三昧与人生

有关读"三本书",几年前我曾经写过一篇短文《论三本书主义》,发表于2010年12月6日的《人民日报》副刊。为什么会想到写那样一篇文章?这要追溯到"文化大革命"期间曾被广为批判的一个口号——"一本书主义"。是说一些作家在一本书成名以后,就不再写了,从此躺在上面吃一辈子。于是,当我的短篇小说《伤痕》于1978年8月11日在上海《文汇报》问世并引起轰动后,便也有人私下对我说:"你可是'一篇短篇

## 三本书主义

小说主义'呀。一篇《伤痕》,便开创了一个'伤痕文学'流派,从此青史留名。"

《伤痕》的确曾经给我带来了许多的荣誉和光环。作为一个大学一年级的学生,我在写作《伤痕》不到一年后,便加入了中国作家协会,成为第四次文代会作家代表团中最年轻的代表,受到党和国家最高领导人的接见,并在茶话会上与同桌的胡耀邦先生有过深入的交谈。此后,又被推举为上海市青年联合会常委……

但我的文学道路和人生是否也就从此与《伤痕》共进退,成为另一个版本的"一本书主义"呢?这引起了我多方面的和长时间的思考。最终,我从自己的生活道路和创作实践中归纳和总结出了这个"读三本书,走归零路"。

许多人乍听到这个话题的人都忍不住要问我:"你说的是哪三本书啊?能否给我们开个书单?"

我只能对他们笑笑道:"它们不是一般意义上的书籍,而是三本大书。一本叫有字的书,一本叫无字的书,一本叫心灵的书。当然,也可以是一本叫'书本知识',一本叫'自然与社

## 读三本书,走归零路

会',一本叫'自己的心灵'。"而如果遇到有对佛学感兴趣的朋友,我也会对他们说"一本是'文字般若',一本是'实相般若',一本是'心灵般若'"。

一个人一生中会读到许许多多各式各样的书,哪些书会历经千辛万苦终于跑到你的手中,哪些书又偏偏与你擦肩而过、失之交臂,冥冥之中似乎是有个定数的。但以我们有限的生命长度,究竟怎样去面对那些几乎是无限的汗牛充栋的文库,并做有选择性的阅读呢?我的体会是:除了兴趣和爱好外,首先要选择那些业已被许多代人认可了的经典。

这让我想到了《伤痕》的写作,它当年主要是以它清新而不加矫饰的文风、真挚而热烈的情感,以及比较深沉和内在的思想力量打动无数读者的。

今天的读者可以对这样的作品司空见惯了,但对于一个当年全国人民每天只能看八个样板戏的时代,一个奉"三突出"创作原则(所有人物中突出正面人物,所有正面人物中突出英雄人物,所有英雄人物中突出主要英雄人物)为金科玉律的时代,一个视写中间人物、写人性、写爱情、写社会主义阴暗

## 三本书主义

面为大逆不道的时代,要做到这点确实是很难的。所以,我很感激在哪个思想禁锢的年代,上天竟然让我有机会读到那些曾经被作为毒草加以批判的中外文学名著。

我小时候其实是个比较贪玩的人,对读书并没有什么特别的兴趣。我现在搜索我的记忆,初中时期所读的有印象的书大概也只有《欧阳海之歌》了。我那时最感兴趣的事是上山打鸟,去海里游泳,最大的理想也就是能像雷锋那样,做一个汽车兵,驾驶着解放牌大卡车自由自在地奔东跑西。

因此,若论自觉地有意识地读书,我还是从插队落户时开始的。离开家,离开父母的庇护,每天面朝黄土背朝天,锄起锹落,挥汗如雨地"修地球",不是期望太阳晚些升起,就是盼着日头早早落下。这样,拼死拼活做了一年,却发觉还养不活自己,于是才感到了前途的渺茫,很想寻到一条可以改变自己命运的道路。这时,要好的朋友圈里恰巧有人在传阅《青春之歌》和《三家巷》,我便也找来看了。从此,才对文学发生了一定的兴趣。

但我真正喜爱读书,还是始于1972年年底参军入伍后。

### 读三本书，走归零路

那时，每逢周末或节假日，我常常会放弃玩牌、逛街或串门看老乡，而是找个安静的地方读书。除了读领袖的著作外，我那时也读过赫胥黎的《天演论》，以及《形式逻辑》之类的书。但我更感兴趣的还是鲁迅的小说，他的《呐喊》和《彷徨》我读了一遍又一遍。我们部队的驻地是山东曲阜，1974年"批林批孔"时成了一个热点城市，《人民画报》《解放军画报》、中央新闻纪录电影制片厂等新闻单位不断有记者来采访、拍照片，航拍的直升机经常在我们的炮场起飞和降落。后来"评法批儒"，部队又抽调了不少干部和战士去邻近的山东曲阜师范学院与教师、学生、工人和农民一起编译相关政治宣传资料。我们有一位副连长就这样利用工作之便，不断地从曲阜师范学院的图书馆借回来一些我过去闻所未闻的"黑书"和"毒草"，说是供参考和批判之用。他知道我喜欢读书，所以也经常和我一起分享那些书籍。我是从这个时候开始，才真正接触到中国文学史和世界文学史上很重要的一批作家的作品，其中包括巴金的《家》《春》《秋》，茅盾的《子夜》以及莫泊桑、契诃夫、雨果、都德、托尔斯泰等的著作。这些作品像是在我头顶

### 三本书主义

开了一个巨大的天窗,让我第一次领略到了艺术的蓝天。相较于曾经读过的《欧阳海之歌》《艳阳天》《金光大道》等"文革"中风靡一时的作品,我这时才明白什么是真情实感,什么是闪光的思想,什么是经典,什么是艺术的震撼力。于是在心里暗下决心,如果将来我要写小说,这些外国名著,以及鲁迅先生的作品,才是我要学习的榜样,师承的楷模。也明白了,读书必须有选择性地加以阅读。因为读什么书你就会受到什么书的影响,如果我们不读那些经过历史的反复检验是经典的好书的话,阅读不仅会是浪费生命,我们的人生甚至还可能会被诱导到一条错误的道路上去。

这样,"四人帮"粉碎后,我退伍后到江苏南通柴油机厂做油漆工的时候,心里曾涌起一个想法,想仿照《反杜林论》的体例写一本叫作《四人帮批判》的书,主要侧重从思想路线上对当时的"极左"思潮加以批判和清理。可惜因为无法查阅相关档案资料最后不得不放弃了。幸好在我考进复旦大学中文系文学评论专业后,终于又找到了小说这样一种文学形式来反映和表达我对过去那个时代的思索和批判。

## 读三本书，走归零路

入学后不久的一天上午，老师给我们上作品分析课时，特别提到了许寿裳先生在评鲁迅《祝福》时说过的一句话："人世间的惨事不惨在狼吃阿毛，而惨在封建礼教吃祥林嫂。"这话当时简直就像一道闪电一样贯穿了我的整个身心，脑海里马上就蹦出一个十分相近的命题："'文化大革命'给中国人和中国社会所带来的巨大破坏，绝不仅仅是将国民经济推向了崩溃的边缘，更重要的还是给每个人的身心都留下了无法愈合的伤痕。"下课以后，走在回宿舍的路上，路过校园内巨大的毛泽东塑像背影时，一个悲剧的雏形猛然跃入脑海："文革"中，一名积极要求上进的女青年，因为母亲被打成叛徒而决定与其划清界限并离家出走。一别八年后，母亲的冤案得到昭雪，她才踏上归途。然而当她赶到医院见母亲最后一面时，却已是阴阳两隔……

《伤痕》发表以后，在社会上引起了巨大的反响，有人说读《伤痕》的泪可以流成一条河，也有一些文艺大家的评论文章则特别指出《伤痕》突破了这样，突破了那样，例如写爱情的禁区，写中间人物的禁区，写人性论的禁区，写社会主义时代悲

## 三本书主义

剧的禁区等等。但就我自己内心的真实感受而言，我其实一点也没有突破。因为我知道，我所有的只是继承，是越过文革那个万马齐喑的时代，直接师承20世纪30年代鲁迅先生以及19世纪俄国和西方批判现实主义的文风。所以，乍看起来倒又是突破了。而这得感谢因缘际遇，我在那个摧残一切文化的时代竟然还有幸读到了许多称得上是经典的中国文学和世界文学的名著。

然而，当我坐在大二的教室里读着《中国当代文学史》中有关我的篇章时，却开始思索起另一个问题：《伤痕》以及由此引发的"伤痕文学"运动的社会意义，我心里已经比较清楚了，但《伤痕》对我个人又有些什么意义呢？上天为什么偏要选择我来充当这样一个执笔者的角色呢？这种自我追问一直纠缠着我，并贯穿了我的整个学习生涯。直到大学毕业后，系里管分配的张老师找我谈了三次话，告诉我《人民日报》点了我的名要我去做团委书记时，我才自觉着自己走到了一个人生的十字路口。如果走进这个门去，我知道《伤痕》对于我的意义，真的就成了一块敲门砖，帮我敲开了令许多人所羡慕不已的

## 读三本书,走归零路

宦途的门了。但我心里朦朦胧胧地又感到,上天让我在二十四岁第一次写小说就能引发一场声势浩大的"伤痕文学"运动,他的目的和意图似乎并不是要为共和国的官场多增添一个可能永远只有"一肚子牢骚"的庸官,而是希望我能沿着独立人格、自由思想的道路走下去,与时代同呼吸共命运,写出更多更好的文学作品。所以,从这个意义上,我乃至我的生命又都是属于文学的。

既然确定了你是属于文学的,就要从文学的角度来对自己的人生做整体的规划。于是从这个时候起,我开始认真思考起一句有关读书人的古训"读万卷书,行万里路",以及严羽《沧浪诗话》中所论及的文学的最高境界是"法乎自然"的话。

"读万卷书",我从进大学以后就开始身体力行了。因为"文革"荒废了十年,毕竟少读了许多书。所以,我那时一边努力完成学业,一边勤奋写作,其他时间就是"恶补"古今中外文学名著。陀思妥耶夫斯基的,莎士比亚的,狄更斯的,加缪的,卡夫卡的,海明威的……我一路亲近过去。为了系统地阅读古文典籍,我还请老师帮我开了一个长长的书单,包括《左传》

## 三本书主义

《史记》《昭明文选》等。记得啃读《昭明文选》中的那些汉赋时,曾耗费了我大量的时间和精力。与此同时,我还利用课间或饭后的一些零零碎碎的时间,一本接一本地背诵了《唐诗三百首》《宋词三百首》《元曲三百首》……随着阅读的深入,我也渐渐地也体会到,"行万里路""法乎自然",其实也还是在读书,只不过是换了一种方式,用眼、用脚、用心来阅读"自然和社会"这本无字的大书。这也是一本"实相之书"。某种意义上,比较起前一本书,它对我们的生命会更为重要。因为我们所说的"书本知识"无非是前人或别人观照他们所处的时代、社会和自然的生命体验,是他们思考的结晶,这些可以给我们的生命以启迪和借鉴,但它绝对代替不了我们的生命本身。人类的思考可以越来越深刻,越来越细致,越来越缜密,人类的书籍也可以堆集成一座座高山,但一旦没有了"自然和社会"作为人类思考的对象,人类所有的书籍必定会成为无源之水,无本之木。所以,"自然和社会"才是那本最原初的书,而一切"书本知识"只能是它的摹本或拷贝。

有了这样的认识,我便自觉地在读"自然和社会"上下

## 读三本书，走归零路

工夫。

留意到自己的履历"工农兵学"唯独缺商，我在分配到《文汇报》两年多后，毅然辞去公职下海经商，后被媒体称为"文人下海第一人"。嗣后又远渡重洋去美国留学，不仅在美国蹬过三轮车，卖过废电缆，做过图书公司英文部经理，还在赌场发过牌。

1998年，我出国后所写的第一部长篇小说《细节》在国内发表，《钟山》杂志社在复旦大学召开研讨会时，曾来了不少媒体，其中有一位上海《青年报》的记者回去以后写了一篇新闻稿，叫作《昔日名动一时，今日赌场发牌》。我有一些大学老师和同学看到后纷纷给我打电话，替我愤愤不平，说："他们怎么可以这样写？"我听了，却安慰他们说："怎么不可以？他们没有说错啊，昔日名动一时，今日赌场发牌都是事实呀。"但我心里知道，国人是很难把作家和一个赌场发牌员联系到一起去的，都以为我是在美国实在混不下去了，才不得不去赌场发牌的。其实他们不知道，去赌场发牌是我经过认真思考后的人生抉择。他们也不会知道，我虽然每天在赌场发牌，但我同时

## 三本书主义

也在阅读。发牌员每天差不多有三个小时的休息时间,所以,我每天上班去时身边都会带上一本书,有时是英文小说,有时是哲学著作,有时是宗教经典……轮到我休息的时候,我就会找个合适的地方坐下来悉心阅读。我有一个朋友,是作家峻青的儿子,有一次带了一群人到赌场游玩,看到我坐在那里专心致志地阅读《金刚般若波罗蜜多经》,曾经大叫起来:"哇,你们看看,你们看看,奇怪吧,这么乌烟瘴气的赌场里面,还有个人坐在这里读佛经!"

然而,他还是只知其一,不知其二。因为我在赌场工作期间最主要的阅读其实还是在牌桌上发牌的时候。每一张牌桌都是一本充满了人生玄机的无字的书。中国人有句古话,叫作"赌桌上选女婿"。我每天阅牌、阅筹码、阅人无数,不仅逐步加深了对人性的了解,同时也一点点领悟和体会到了财富的"水性":一枚枚的筹码便是一滴滴的水,一堆堆的筹码便是一汪汪的水,一张张铺着绿丝绒的牌桌则是一个个的水塘,而放眼整个赌场,就是一个财富的湖泊了。我坐在牌桌上,每天都可以看到张三的面前堆满了筹码,可不一会儿却都转移到

## 读三本书，走归零路

了李四的面前，而李四如果不能见好就收，那高高摞起来的筹码很快又会没入它处……从这里，我懂得了财富之水不仅会流动、蒸发、冻结，有着"滚雪球效应"，同时还能以柔克刚，藏污纳垢，但最终还是会往低处流。所以，阅读赌桌这本无字之书，最终也促成我写成了《紫禁女》和《财富如水》这两本有字之书。

当然，读"自然和社会"这样的"无字之书"，最重要的还不是帮助我们写成有价值的"有字之书"，而是直接作用和帮助我们的人生。老子在《道德经》中说："为学日渐（有版本'渐'作'益'），为道日损。损而又损，以至于无为。"说的是做学问应该是多多益善，而为道则必须反其道而行之，需要放下，放下，再放下，丢弃，丢弃，再丢弃。

我初到美国时，是在加州大学洛杉矶分校东亚语言文化系读书。第一年只有学费减免，生活费还要靠自己挣。这时我了解到，学校附近的西木镇（人称小巴黎）有十几家电影院，几十家餐馆，又有许多购物场所，每逢周末便游人如织，但因为区域比较大，游人光靠两条腿走路还是有许多不便之处，于

三本书主义

是有一对犹太裔夫妇看到这里面有商机,就开了一家三轮车公司,来帮助游客摆渡和观光。他们招收的员工几乎清一色的是我们学校的大学生,且以白人为主,我是唯一的亚裔。记得第一天我去上班,从晚上六点半等到快十点了,也没遇见一个人要乘我的三轮车。正在后悔和懊恼之际,忽然听到有人大声喊"Taxi!"我环顾左右,并没有看到身边有出租车,再望过去,发觉那人站在对面街口正对着我大喊"Taxi!"我就指指自己的脑门问他;"Me?""Yes,Yes,Yes!"他连说三声。我这才明白,三轮车原来也可以当出租汽车用的,就赶紧把车骑过去。这是一对夫妇,两个大胖子,他们说今天是他们结婚十周年,想到母校校园走一走,怀怀旧。我听罢心里既喜且忧,喜的是我终于有了第一单生意,大概可以挣到十块美金,忧的是这两个胖子的分量加起来可能会有四个我重,而且,去校园的路又都是上坡……那真是一段特别漫长而遥远的路,每一脚踩下去几乎都要拿出吃奶的力气……所以,当我将他们送到校园内他们指定的地点时,感觉着浑身上下几乎都被汗水浸透了,没有一块干的地方。下车后,那女的先问我:"How

## 读三本书,走归零路

Much?"(多少钱?)我就狠狠心,说"二十五"。女的二话没说就开始掏钱,男的见状,也开始摸口袋。就在女的递给我二十五美元的当儿,男的也将二十元一张的钞票放到了我的手上。我不明就里,以为是男的小气,只肯出二十,就很坚定地对他摇了摇头,"No,twenty-five!"(不,二十五。)男的一愣,跟着冲我笑笑道:"No,this is your tip."(别误会,这是你的小费。)声音虽轻,却如雷贯耳,给我以极大的震撼!也完全颠覆了我从以前的教育中得到的有关资本主义、资本主义国家、资本主义国家人民的印象。忽然想起毛泽东曾经在《别了,司徒雷登》一文中说过的话——"我们要把美国政府和美国人民区别开来,要把美国政府中决定政策的人们和下面的普通工作人员区别开来……"当时心里真想大喊一声:"美国人民也是伟大的人民!"

在我的人生经历中,遇到过很多值得我永远感恩的人、事和物,三轮车就是其中之一。我骑着它不仅找到了一条养活自己的生路,同时它还成了我的一个"流动书亭",我通过它开始了对美国社会的阅读,并迅速融入美国社会。在这过程中。

### 三本书主义

我的英语口语水平不仅得到很大提高,身体经过日复一日的锻炼也变得越来越强壮。但更重要的是,蹬三轮车这件事,它帮我真正做到了"放下"。因为自从写了《伤痕》以后,我身上汇聚了太多的荣誉的光环,它们已然让我滋生出种种"虚骄"之气。但我通过读佛经了解到,"诸法因缘生,诸法因缘灭",一篇《伤痕》,其实也是众缘成就的产物。没有"文化大革命",没有改革开放,没有那样一个大的时代背景,我就不可能想到去写《伤痕》;而没有班级里办墙报,没有墙报主编将它放在头条,没有宿舍楼上所住的女生们所流的泪水,没有《文汇报》编辑的慧眼,没有发表前教育界、文学界、新闻界比较一致的肯定和支持的意见,《伤痕》大约也不会如愿发表,或许至今还锁在我的写字台抽屉里。所以,那上面虽然署着我的名字,但那只是一个符号而已,反映的只不过是千百万种因缘聚合离散的微妙关系。我非我,是名我。我必须放下对自我的这种执着,才有可能继续轻装前行。于是,又想到自己当兵时参加过武装泅渡的情景。我曾经试过,背一支冲锋枪能游一千米,背两支冲锋枪可以游三百米,但若是背三支冲锋枪,就无

## 读三本书，走归零路

法浮起来了。所以，人生也像游泳和爬山，你身上的负载的重量决定了你能游多远或攀多高。荣誉的光环尽管让人很受用，却也是具有重量的人生包袱，一个人只要背上它，游泳肯定游不远，登山肯定登不高。因此，我开始经常提醒自己：人生的路上，你得经常学会将自己归零。

有一次，在国内参访一座佛寺，赫然看到一处牌坊上书"回头是岸"几个大字，我曾为其配过一个对子，叫作"放手如来"。后来，再见到"觉海无涯放为舟"这句古训，我也曾为它配了一个下联，道是"悟山有顶弃作杖"。

"放"和"弃"，这两字从此成为我人生的座右铭。

故而，在读"书本知识""自然和社会"这两本有字和无字的书外之外，我们更重要的还要经常地反复地不间断地阅读"自己的心灵"。

读书不观照自己的心灵，即便对大千世界有了十分透彻的了解也还是一个"门外汉"，一个书本的蛀虫而已。

释迦牟尼佛受到"文字般若"的启迪，出家后曾花了好几年的时间在"实相般若"上下工夫，苦行、托钵、化缘，但一直未

## 三本书主义

能证道，最终还是在菩提树下仔细阅读"心灵般若"才得以觉悟。

孔老夫子的高足曾子也说："吾日三省吾身。"老子则说："知人者智，自知者明。"鲁迅先生则说："我时常解剖别人，但更多的是更严厉地解剖我自己。"自然和社会，乃至整个宇宙的映像，从根本上来讲，都是我们个人心灵这面镜子的折射。外在物象，外在的宇宙，世间的万事万物，万千变化，如果不能与我们内心的宇宙相连接，相沟通，是无法利益我们的人生的。所以，历来的能称作大师、大家的人们，"为学"的同时也在"为道"，"外求"的同时也在"内省"。而一个能对世界文化做出伟大贡献的民族和国家，也必定是一个十分注重反省自己、解剖自己的国家和民族。

我前两年曾写过一篇小文《自家的车库自家清》，说的是我在洛杉矶家附近散步时的一点感想。洛杉矶的居民区多数都是一栋一栋的小别墅，通常家门口有一片草地，绿茵茵的。从马路上看过去，房子的左后方通常都有一个车库，可以放两辆车子，也有可以放三辆的。这些车库的门平时经常开着，我

## 读三本书，走归零路

经过时常发现里面并没有放汽车，而是堆着破桌椅、旧板凳、生了锈的割草机，以及纸箱子、废弃了的床垫子等等。我就觉得纳闷，车库本是用来放车的，可家家户户的宝贝车子——其中不乏奔驰和宝马，为什么却都停放在坡道上日晒雨淋呢？

由此想到人类的精神领域其实也充斥着这样的景象。

我们人类的心灵其实也有个"车库"，世人也习惯了经常往这个心灵的"车库"里堆垃圾，最常见的便是堆被称为"五欲"的"财色名食睡"。这不断地堆"五欲"的结果，便是善知识的阳光再也射不进来，智慧的奔驰、宝马车也放不进去了。美国人似乎也看到了这一点，所以，他们有时也会在门前的院子里插一块木牌，上书"Garage Sale"（车库杂物大甩卖）几个字，然后将车库里连同家里储藏间用不着的杂物都搬到门前的草地上甩卖。经过这样一些清理，车库间的垃圾肯定越来越少了，可利用的空间也增大了。但很遗憾的是，我还是很少看到有人往车库里放汽车，多半不过是以新的垃圾取代旧的垃圾……

这些年来，人们，尤其生活在北方的人们，经常谈论的一

### 三本书主义

个话题便是"雾霾"。天上的雾霾究竟都是从哪儿来的？当然，你可以说是建筑灰尘，煤灰、二氧化碳等等的过度排放造成的。这当然没有错。但为什么会过度排放呢？还是利益的驱使，物欲的膨胀。所以，从本质上讲，一切天上的雾霾其实都是人类心灵雾霾的折射。只有当人类的心灵不再为尘垢所蒙蔽时，那一片湛蓝湛蓝的天空才会对人类重新开放。

故而，相较于读"书本知识"和"自然和社会"，读好安顿好我们"自己的心灵"当是我们人生的要务。当然，这三本大书也不是可以割裂开来读的，我们读"书本知识"的时候，必定会联系到"自然和社会"，我们读"自然和社会"时，常常也需要通过读"书本知识"来对自己的人生经验加以总结和概括。

是故读了要走，走了要想，想了要写。而写亦是读，亦是走，亦是想。是在笔尖读，是在笔尖走，是在笔尖想。

我们当中的许多人都是热衷于写书的。搞文学创作的会写，搞学术的会写，学文科的会写，学理科的会写，有想法的会写，无真知灼见的也会写。这些书将会充斥自己和别人书房，也会摆满书店或图书馆的书架……但有一本书，我们每个人

## 读三本书,走归零路

无论文科还是理科,无论学霸还是末学都一定会写的,而且是一个共同的主题,那就是有关我们各自人生的书。这本书虽然我们每个人都在写,却绝不会雷同,一本书一个面目,一本书一种趣味,一本书一种精神。我们用笔写下,用电脑打出来的各种各样的书,能否作为人类共同的精神财富传承下去,往往是由这本书的厚度、重量,有无闪光之处决定的。

因此,"为学"者不可能不"为道","为道"者也不可能不"为学"。有时需要"日渐",有时又需要"日损",有时需要"多多益善",有时又需要"放手如来"……

故我真诚地希望所有能见到或听到我的这段文字的老师、同学和朋友们都能读好有字、无字、心灵这三本大书;也祝愿我们的国家、民族能读好这三本书。相信有这三本书垫底,我们将是战无不胜、攻无不克的,也才能写出更多更好的无愧于我们时代的好书!

**在复旦大学和北京师范大学大学的演讲稿,载《光明日报》"光明讲坛"104讲,《新华文摘》2016年第五期全文转载**

**图书在版编目(CIP)数据**

三本书主义/卢新华著. —上海:复旦大学出版社,2018.1
ISBN 978-7-309-13360-8

Ⅰ.三… Ⅱ.卢… Ⅲ.①散文集-中国-当代②演讲-中国-当代-选集 Ⅳ.I267

中国版本图书馆 CIP 数据核字(2017)第 266980 号

三本书主义
卢新华 著
责任编辑/杜怡顺

复旦大学出版社有限公司出版发行
上海市国权路 579 号 邮编:200433
网址:fupnet@fudanpress.com http://www.fudanpress.com
门市零售:86-21-65642857 团体订购:86-21-65118853
外埠邮购:86-21-65109143 出版部电话:86-21-65642845
上海盛通时代印刷有限公司

开本 890×1240 1/32 印张 7.25 字数 185 千
2018 年 1 月第 1 版第 1 次印刷
印数 1—5 100

ISBN 978-7-309-13360-8/I·1083
定价:28.00 元

如有印装质量问题,请向复旦大学出版社有限公司出版部调换。
版权所有 侵权必究